POTENTIAL

포텐

POTENTIAL 포텐 14

김민수 장편소설

초판 1쇄 찍은 날 | 2018년 1월 26일
초판 1쇄 펴낸 날 | 2018년 2월 2일

지은이 | 김민수
펴낸이 | 예경원

기획 | 위시북스
편집책임 | 이규재
편집 | 이즈플러스

펴낸곳 | 예원북스
등록번호 | 제396-2012-000132호
등록일자 | 2012. 7. 25
KFN | 제1-198호

주소 | 경기도 고양시 일산동구 호수로 646-24 위너스21 II 빌딩 206A호 (우)10401
전화 | 031-819-9431 팩스 | 031-817-9432
E-mail | yewonbooks@naver.com

ISBN 979-11-6098-691-4 04810
979-11-5845-360-2 (set)

※ 이 도서의 국립중앙도서관 출판시도서목록(CIP)은 서지정보유통지원시스템 홈페이지(http://seoji.nl.go.kr)와 국가자료공동목록시스템(http://www.nl.go.kr/kolisnet)에서 이용하실 수 있습니다.

POTENTIAL
포텐
14
김민수 장편소설
WISHBOOKS MODERN FANTASY STORY
Wish Books

CONTENTS

91. M 슈프리머시 (2) 7

92. M 슈프리머시 (3) 45

93. M 슈프리머시 (4) 81

94. M 슈프리머시 (5) 117

95. M 슈프리머시 (6) 161

96. M 슈프리머시 (7) 205

97. M 슈프리머시 (8) 229

98. M 슈프리머시 (9) 251

POTENTIAL
포텐

91.
M 슈프리머시 (2)

「탄자니아, 다레살람」–UN 협회 사무국.

동아프리카에서 가장 번화한 항구도시, 다레살람의 중심부에 있는 UN 건물 앞에는 각국에서 몰려든 언론매체의 보도차량이 도로 한쪽을 점령 중이었다.

『피랍 사실이 확인된 지 24시간. 행방불명된 배우 8인에 대한 부룬디 반군의 성명이 아직 나오지 않은 가운데, 대책을 논의하기 위한 관계자들의 회의가 UN 사무소의 본관에서 오전 10시부터…….』

카메라 앞에서 한창 보도 중인 CNN 기자의 옆으로는 유로뉴스, AFP, BBC 월드채널, CCTV 등의 로고가 새겨진 마이크를 든 기자들이 각자의 언어로 동시에 보도하며 장사진을 이루고 있었다. 그들은 경찰에 의해 통제 중인 라인 안으로 속속들이 도착하고 있는 검은 세단에 온 카메라를 집중했다.

"난리도 아니군요."

한국의 국기가 붙어 있는 세단의 뒷좌석. 통제 라인 통과를 기다리고 있던 탄자니아 주재 한국 대사 손이국이 창밖을 내다보며 한탄했다.

"하필 이 시기에……."

재임 기간 5년 동안, 국제협력단을 통해 수많은 봉사단원이 무사히 오고 간 이 땅에서 이렇게까지 전 세계적인 주목을 받는 사건이 벌어진 건 처음이었다. 탄자니아에 오랜 기간 정착해 지내온 한인사회 사람들조차 공포에 젖어 대사관에 쉴 새 없이 문의를 넣고 있는 상황. 하지만 손이국도 정확하게 어떤 일이 벌어진 건지 확답을 줄 수가 없었다.

손 대사가 옆 좌석으로 고개를 돌렸다.

"황 부장님. UN이 지키고 있는 곳에서 대체 어떻게 그들만 납치한 겁니까? 탄자니아는 테러 위험에서 안전하다고 확신하고 있었습니다."

이 물음에 그를 수행 중인 국정원 해외파트 부서의 파견요원 황정명이 대답했다.

"미 대사관 정보국에 문의해 봤더니 회의장에서 대답해 주겠다고 답변을 피했습니다."

"납치된 배우들이 지금 어떤 상태인지 그쪽은 파악하고 있는 눈치였습니까?"

"아무래도 저희보다는 낫겠지요."

손 대사는 생각할수록 안타까운 마음에 혀를 찼다.

"서은하 양, 무척 밝고 재기 넘치는 아가씨였는데…… 이런 일이 벌어질 줄이야."

한국에서 많은 사랑을 받는 배우. 그녀가 납치되면서 손 대사 자신의 지위는 이미 바람 앞의 촛불이었다. 한국의 유명 연예인을 모셔와 UN과 연계하여 봉사홍보를 하겠다는 계획을 승인한 건 자신이었으니까.

이미 총리와 외교통상부 장, 차관의 전화 폭주로 평생 들어야 할 욕은 다 먹은 터라, 손 대사는 반쯤은 포기상태였다. 그러나 해임이 코앞이라 해도, 서은하가 살아 돌아오기까지 최선을 다해야 하는 것은 분명했다.

"한국이 저 안에서 할 수 있는 역할이 있을까요?"

"글쎄요……."

미국, 영국, 프랑스, 일본, 중국, 캐나다, 스페인. 납치된 8인이 속한 나라. 국력이 곧 발언권이 되고, 사태를 주관할 수 있는 힘을 가졌다고 한다면, 한국은 결코 이 안에서 상위에

든다고 할 수가 없었다. 황정명은 안절부절못하는 손 대사에게 거짓 위로보다는 현실적인 이야기를 꺼냈다.

"미국에서 사태 해결을 위해 특사가 왔다는 얘기도 있으니, 걱정은 회의부터 끝마치고 나서 시작해도 늦지 않습니다."

"이런 쪽에선 최고 경험자라는 황 부장님도 별수가 없는 거군요."

황정명은 훈련받은 엘리트 정보요원으로서 무책임한 대답으로만 일관할 수밖에 없는 자신이 부끄러워 헛기침을 했다.

국정원 해외파트의 자원은 오로지 북한의 동향에 초점이 맞춰져 동유럽과 러시아 일대에서만 운영되는 데다가, 파병국이 아닌 한 이런 오지는 올 생각조차 않는다. 과거에 탄자니아에서 정보수집 활동을 한 기록이 전무한 상황. 어쩌면 자신은 저 밖에 있는 기자들보다도 무지할지도 몰랐다.

"부디 한국 국민을 안심시킬 만한 회의 결과가 나왔으면 좋겠습니다."

손 대사가 차에서 내려 UN 본관으로 걸어 들어갔다. 뒤따라 나와 문을 닫은 황정명은 몰려 있는 기자들을 한번 바라본 뒤, 버릇처럼 5층의 UN 건물 외관을 샅샅이 살펴보았다. 그리고 한국의 대사관에서 대기 중인 요원에게 연락하기 위해 귀에 차고 있던 통신기의 버튼을 눌렀다.

삐빅.

“주둔 중인 군의 경계태세는 꼼꼼해 보인다. 외부에서 내부로 시도할 테러공격 요소는 제로. 다만…….”

‘아수까리’라 불리는 사설 경호원들이 탄자니아 측 정부 인사들과 함께 이동 중인 모습이 황정명의 눈에 들어왔다. 아프리카의 불안한 치안 상황은 경비용역회사가 성업할 수밖에 없는 분위기를 만들었고, 이 동네에서 군인보다 훨씬 질 좋은 무장을 갖춘 경호원들을 찾는 건 어렵지 않은 일이었다.

“다들 피부가 검정이라 누가 누군지 모르겠어.”

저 중에 반군의 스파이가 있다 해도, 황정명은 절대 찾아낼 수 없을 것이라 생각했다.

UN 사무국 2층 세미나실.

탄자니아의 외교부 장관을 중심으로 각 나라에서 두 명씩 8개국이 둘러앉은 탁자 위에는 지도와 관련 서류, 피랍된 이들의 신상정보에 관한 문서들이 잔뜩 늘어서 있었다.

『부룬디의 내전 상황은 종식되고 있는 단계였습니다. 혁명군의 쿠데타는 거의 성공했고, 반군은 마캄바 근처의 산악지대까지 몰려 산발적인 교전만 벌이며 투쟁 중이었습니다. 저희 탄자니아 외무부는 혁명군, 홀리사리오 전선 측과 평화적인 협정을 맺기 위해 노력 중이었으며…….』

스와힐리어의 억양이 짙게 배어 있는 영어로 간략한 브리핑을 시작한 외교부 장관 베너드 멤베의 음성이 경직된 분위기의 회의장 안을 맴돌았다.

『부룬디 반군이 이토록 과감한 행동을 보일 수 있었던 것은 '레아 테일러'라는 세계적인 스타의 방문에 원인이 있지 않나 합니다.』

브리핑 도중, 미국 측의 대사 휴 제임스가 손을 들어 올렸다.

『네, 제임스 대사님.』

『피랍과 관련해서 저희 쪽 특사가 여러분께 드릴 말씀이 있습니다. 일단 듣고 나서 논의해 보시는 것이 어떨까요?』

가장 정보에 밝은 미국의 발언 요청을 거부하는 나라는 없었다.

사십 대 후반의 딱딱한 인상의 백인, 에릭이 자리에서 일어났다.

『저는 대테러 담당 조정관으로 파견된 에릭 다이어입니다.』

이 소개에 구석에 앉아 있던 황정명의 눈빛이 빛났다. 얼굴은 본 적이 없어도 저 이름은 들어보았다.

'CIA 부국장이 직접 왔다고?'

정보원의 세계에서는 최상위에 있는 거물급 인사. 저자의 간단한 정책조정 지시 하나에 전 세계의 안보라인이 흔들린다. 그런 인물을 실제로 보게 된 것에 감탄하며, 황정명은 에릭의 음성에 집중했다.

『반군이 이용한 지프의 이동 경로를 분석해 본 바, 부룬디 서남쪽, 반군의 거점지역 어딘가에 인질들이 사로잡혀 있다고 추정됩니다. 반군세력을 이루고 있는 투치족 안에서 정규훈련을 받은 군인은 극소수. 정예훈련을 받은 병사를 잃을 수 있는 위험을 무릅쓰고 국경선을 넘어 UN의 봉사단 캠프에 난입. 한밤중에 8명을 납치해 아무도 모르게 사라졌다는 것은, 이들이 이 일에 총력을 기울였다는 것을 뜻합니다. 저희 쪽에서 예측한 반군의 요구조건은 3가지입니다.』

에릭은 '전쟁물자와 돈'을 언급한 뒤에 지도 위의 한 지점을 가리켰다.

『잔지바르 감옥에 갇혀 있는 전 민병대 장군이자 투치족 추장 '싱가니아'의 석방이죠.』

이 말에 베너드는 물론이고 탄자니아 외교부 관계자 전원의 안색이 변했다. 그의 존재 자체가 극비건만, 에릭이 아무렇지 않게 언급해 버리는 바람에 순간적으로 대응할 말을 잊어버렸다.

『그를 풀어준다는 건 부룬디 내전을 더욱 부추기는 것과 다름없습니다. 그나마 원만한 관계를 유지하고 있는 혁명군까지 탄자니아에 등을 돌릴 겁니다.』

『그래서 지금부터 고민해 보자는 말입니다. 부룬디와 그 주변 경계국 간의 전쟁 발발 위험과 납치된 8인의 목숨 중에 어떤 것이 더 나은 선택인지. 이 회의장에서 나누는 모든 대화는 반군 측의 성명 발표 전까지 대외비입니다.』

각국의 관계자들이 웅성거리기 시작했다.

손 대사는 목소리를 낮춰 황정명에게 물었다.

"싱가니아? 혹시 황 부장님은 들어본 적 있는 인물입니까?"

"처음 듣습니다."

그러나 황정명은 그가 이 사태의 핵심 인물임과 동시에, 납치된 유명배우들을 구출할 수 있는 실마리가 될 것이란 예감이 들었다.

1 대 8의 인질교환이라거나, 싱가니아를 미끼로 인질의 구출작전을 감행한 다거나. 물론, 그 모든 작전은 저곳에 앉아 상황을 주도하고 있는 에릭 다이어와 강대국의 역할이지 국력이 미천한 한국의 몫은 아니었다.

'비참하게도 말이야.'

「탄자니아, 다레살람」-율리우스 니예레레 국제공항.

"후아."

민호는 비행기에서 한 발짝 나오자 숨이 턱 막히는 것을 느꼈다. 곳곳에 보이는 에어컨 구멍이 히터 구멍은 아닌지 의심이 갈 정도로 사방에서 몰려드는 후덥지근한 공기가 땀을 마구 흐르게 했다.

한국에서는 기차역 크기 정도에 불과한 공항 내부의 통로를 걸으며, 주위에 보이는 승객과 공항직원 모두의 피부색이 검다는 것에 또 한 번 놀랐다. 여기서는 자신이나 백인이 오히려 특이한 피부를 가진 외국인이었다.

'적응하려면 시간 좀 걸리겠어.'

애틀랜타에서 직항편을 타고 19시간을 날아 도착한 이곳은 탄자니아의 경제적 수도라 불리는 도시였다. 관광지로 유명한 곳이지만, 근접한 국가가 전부 여행금지구역으로 지정될 만큼 치안이 불안정한 곳.

민호는 등에 멘 가방에서 CIA의 정보분석 요원이었던 비숍의 유품을 꺼내 손에 쥐었다.

'도착했어요.'

손거울에서 따뜻한 기운이 흘러나와 걱정이 한가득인 민호를 위로해 왔다. 그러나 서은하의 납치라는 경악할 사고에 대한 무게감이 민호의 가슴을 무겁게 짓눌렀다.

그녀의 피랍 소식을 듣자마자 반쯤 정신이 나가 비행편을 예약하던 도중, 비숍의 유품을 손에 들고 도움을 청했다.

비숍은 몸값을 노리는 국외의 납치사건은 대부분이 돈을

지급하면 해결되고, 지도상에서 나라 이름을 지우고 싶지 않은 이상 미국과 유럽의 심기를 과하게 건드리는 짓은 하지 않을 것이라는 의견을 건네 왔다.

특히 레아 테일러 같은 유명세를 가진 인질이 포함되어 있다면 대응 방법에 따라 안전을 끝까지 보장할 수 있을 것이라고 자신을 안심시켰다.

안정을 찾은 민호가 그다음으로 한 것은 여러 통의 전화였다. 애틀랜타에 함께 왔던 제작진 쪽에 이후의 스케줄은 불가능하고, 찾지 말라는 통보. 한국의 공 매니저에게도 같은 연락.

그리고…….

입국장을 통과한 민호는 곧바로 공항 내부의 휴대폰 판매소에 들러 선불폰을 구매한 뒤 번호를 눌렀다.

잠시 후, 전화 너머로 달칵하는 소리가 들려왔다.

–민호냐?

"탄자니아 왔어요, 아버지."

–그래, 고생했다.

윤환의 침착한 목소리에 민호는 걸음을 멈추고 호흡을 한 차례 가다듬었다. 이럴 때일수록 정신 똑바로 차려야 한다.

"한국에 뉴스 더 나온 거 없어요?"

–아직까진 성명을 기다리고 있다는 소식밖에 없구나. 정

황증거만 있고, 그들이 했다고 말을 하지 않았어. 미국과 프랑스, 영국의 외무부가 부룬디 반군에게 직접적인 우려를 표했다는 정도가 끝이야. 네가 현지에서 직접 듣는 편이 빠를 거다.

"알겠어요. 그리고 그 통역 가능한 유품이 대학 어느 건물에 있다고 하셨죠?"

-인문사회학 부속 건물일 게다. 전시관에 비치해 놨다고 들었어. 자세한 건 베로니카에게 물어봐. 거기 마중 안 왔어?

"아직 나가는 가는 길이에요."

휴대폰을 귀에 댄 채로 공항의 문을 지난 민호는 아버지에게 소개받은 탄자니아 연합대학 고고학과 교수의 얼굴을 찾아 밖을 둘러보았다.

젊은 백인 몇몇은 눈에 띄었으나 베로니카로 추정되는 분은 없었다. 아버지와 비슷한 나이 대의 친구라고 했기에 주위를 두리번거리는 사이, 전화 너머에서 목소리가 이어졌다.

-내 금고에 있던 물건은 48시간 뒤에 도착한다는구나. 이거라면 다른 유품 필요 없이 서은하라는 아가씨를 직접 찾을 수 있을 게다. 베로니카의 집 주소지로 발송해 뒀어. 위치를 발견하면 UN이건 CIA건 연락 취해서 바로 말해주고. 아프리카는 사람도 동물도 하나같이 위험한 동네니까 항상 조심해.

"고마워요, 아버지. 틈틈이 연락할게요."

–참고로 이 물건은 너랑 그 아가씨 결혼 선물이니, 또 받고 싶으면 이혼이라도 해서 다른 아가씨를 데려와야 할 게다.

"이, 이혼이요? 아버지, 저희 아직 혼인 신고도 안 했……."

달칵.

이 와중에 칼같이 전화를 끊는 윤환. 평소와 다름없이 진담 같은 농담을 던진 이후였다.

"나 참."

그리고 평소와 다름없이 어이없는 표정을 짓던 민호는 왠지 마음이 편안해져 피식 웃었다. 든든한 지원군인 윤환 덕분에 갑작스러운 탄자니아행도 어느 정도는 구색을 갖출 수 있게 되었다.

"그나저나, 어디 계신 거지?"

민호는 입구 근처에서 베로니카 교수를 찾을 수가 없어, 주차장 쪽에 있나 싶어 걸음을 옮겼다.

"Excuse me."

그때, 등 뒤에서 목소리가 들려왔다.

"Are you minho?"

러시아의 악센트가 가득한 여성의 목소리. 고개를 돌리니 스물 초반에 붉은 머리카락을 가진 백인 여성이 보였다. 연한 갈색의 눈동자가 인상적인, 시원한 이목구비의 그녀가 민호의 눈을 마주 보았다.

『베, 베로니카 교수님?』

아버지의 친구일 것 같지도, 그렇다고 저명한 고고학 교수일 것 같지도 않은 여성에게 이렇게 되묻자 상대가 미소를 지으며 'karibu~' 하고 인사해 왔다. 순간 당황해서 멀뚱히 서 있는 민호에게 그녀가 말을 이었다.

『카리부는 이곳 말로 환영한다는 뜻이에요. 반가워요, 미스터 강. 찾고 있는 베로니카 교수님은 제 엄마. 저는 그녀의 딸, 크리스티나라고 해요.』

『아…….』

민호는 그제야 상대의 정체를 확인하고 안도했다.

『반가워요, 크리스티나.』

『편하게 티나라고 불러요. 미스터 강의 아버지는 아주 어릴 때 봤지만, 똑같이 닮아서 바로 알아보겠네요.』

『아버지를 아세요?』

민호는 전혀 모르는 인연이 있어 보이는 티나는 이 물음에 고개를 끄덕끄덕하며 웃었다.

그러고 보니 초등학교 시절에는 아버지가 집이 아닌 밖으로 마구 돌아다닌 것 같기도 했다. 그것이 해외까지 이렇게 뻗어 있다는 것은 이제야 알게 됐고.

『엄마가 아루샤 발굴지에서 아직 안 돌아와서 제가 대신 왔어요. 일단 타요.』

티나가 주차장 입구 쪽에 있는 트럭을 가리켰다. 그녀의 손짓을 따라 고개를 돌리던 민호는 한국에서 전형적으로 볼 수 있는 1톤 트럭, 포터의 모습을 확인하고 눈이 커졌다. 옆에는 아직 페인트가 벗겨지지 않아 '대림 천막'이라는 생뚱맞은 글귀까지 적혀 있었다.

'개발도상국에서 한국 중고차를 엄청나게 수입한다더니만…….'

시내로 가는 길.

포장과 비포장도로가 반복되는 황량한 풍경 사이를 포터가 쌩하니 달려 나갔다. 조수석에 앉아 있던 민호는 창밖에 시선을 던졌다.

무성의하게 지어진 벽돌 건축물과 제멋대로 자라난 풀과 나무뿐인 모습. 비행기에서 내릴 때만 해도 기린이나 사자가 뛰어놀 법한 초원을 예상했으나, 여긴 마치 한국의 70년대 풍경이 생각날 법한 건물과 거리뿐이었다.

운전하던 티나가 민호를 흘끔 보더니 입가에 엷은 웃음기를 띠었다.

『왜요, 티나?』

『다레살람에 처음 오는 사람은 대부분 미스터 강처럼 맥빠진 표정을 지어요. 그러다 킬리만자로나 세렝게티의 초원을 경험하고 나면 돌변하죠. 풍요롭다고는 할 수 없지만, 이곳만의 매력이 있거든요.』

들어본 적 있는 유명 관광명소. 구경하고 싶어도 지금은 그럴 여유가 전혀 없었다.

『참, 티나. 여기서 니아루구수 난민캠프까지 혼자 갈 만한가요?』

『차가 있으면 괜찮겠지만, 거길요? 상당히 멀고 위험한데.』

1,000㎞가 떨어져 있다는 것은 알고 있다. 그리고 서은하는 그보다 더 먼 북서쪽 어딘가에 있을 터.

『가봐야 해요. 반드시.』

민호는 태양이 따갑게 내리쬐는 아프리카의 하늘을 올려다보았다. 이틀 전, 서은하가 함께 보았던 하늘이 여기 어딘가에 있다.

'꼭 구해줄게요.'

포터는 15분을 달려 다레살람 동쪽 끝의 주거지역에 도착했다. 대학 근처라 그런지 깔끔해 보이는 현대식 집이 많고, 고급 차도 더러 눈에 띄었다.

『다 왔어요.』

마당이 있는 아담한 이층집 앞에 포터가 멈췄다. 티나가

문을 가리키며 말했다.

『미스터 강이 묵을 곳은 옆의 게스트 룸. 치워 놨으니까 들어가 보세요.』

민호는 트럭에서 내리자마자 말했다.

『일단 대학부터 가봐야 해요.』

『그러시겠어요? 인문대학은 이 앞 사거리에 있는 서문으로 들어가면 빨라요.』

티나는 성격 좋아 보이는 미소를 지으며 앞서 걸어 나갔다.

『이쪽이에요.』

『아, 그게…… 티나. 여기서는 저 혼자…….』

민호는 티나의 어머니가 어디까지 얘기했는지를 몰라 대학 방문 목적을 정확하게 밝힐 수가 없었다.

『알아요. 물건 하나 훔치러 가는 거.』

『…….』

『엄마가 연구와 관련된 거라고 잘 도와주라고 하셨어요.』

대놓고 저리 말하자 도리어 민호가 뻘쭘해졌다.

지금 찾으러 가는 유품은 아프리카어를 전혀 모르는 자신에게 반드시 필요한 물건이었다. 이곳에서 좀 더 활동적으로 움직이기 위해서는 필수적인, 언어와 관련된 유품. 과거 윤환이 이 지역에 들렀을 때도 이용했던 것이라 했다.

민호는 티나를 따라 낮은 시멘트 담장이 늘어선 거리를 걸으며 48시간 동안의 계획을 하나하나 세워 보았다.

'유품 챙기면, 최대한 빨리 차 한 대 렌트해야겠어.'

대중교통이 크게 발달하지 않은 동네인지라 당장 시내로 이동하려고 해도 티나의 신세를 져야 한다. 미국에서 쓸 만한 골동품을 보게 되면 구매하려고 해외계좌로 송금해 두었던 돈은 모조리 달러로 인출해 백팩에 넣어둔 상태.

이 정도면 그냥 신차 한 대를 뽑아도 될 정도였으나, 언제 어떻게 돈이 들어갈지 모르기에 일단은 아껴야겠다고 정리했다.

『여기에요.』

돌계단 위로 대학의 옆문 출입구가 보였다.

'좋아.'

민호는 계단에 올라섰다. 온통 검은 피부의 사람들 천지였던 거리와는 다르게 그래도 이곳은 황인과 백인들이 더러 눈에 띄었다.

가는 길에, 티나가 재잘재잘 관광 가이드처럼 설명해 주었다. 이 대학에는 교수, 혹은 조교수로 국가적인 차원에서 지원을 나온 이들도 있고, 자기처럼 교환학생 신분으로 와 있는 사람들도 있다고.

『티나. 제 아버지와 베로니카 교수님은 정확히 어떤 사이인 건가요?』

『잘은 모르지만 두 분이 사귀셨던 거 같아요.』

'뭐?'

『어, 언제쯤이요?』

『제가 어릴 때니까, 한 15년 전? 그러곤 통 못 봤네요. 그래도 할아버지와는 자주 이메일을 주고받는다고 들었어요. 윤환이 고고학의 조예가 깊다고 연구소에 들이고 싶어 하셨거든요.』

티나는 그녀의 할아버지도 러시아의 '타노프 고고학 연구소' 소장이라고 설명하며, 자신까지 고고학을 전공하면 3대째가 될 수도 있다고 웃었다.

『……저까지 그러기는 싫어서 신문방송학과를 다니고 있어요.』

민호는 이곳에 오기까지, 윤환의 인맥이 세계 각지에 뻗어 있다는 사실에 한번 놀라고, 저 티나의 얼굴과 똑 닮은 엄마라면 아마도 아름다울 것이라는 사실에 두 번 놀랐다.

15년 전이면 자신이 9살일 무렵. 그때…… 아리따운 러시아 새어머니와 여동생이 생길 뻔했다.

비교적 새로 지어진 건물들이기에 한국의 대학 풍경과 비슷하다 느끼며 길을 따라 걷기를 5분여. 민호는 인문대학 시설 한쪽에 '아프리카 고고학 역사관'이라는 하얀 페인트가 칠해진 건물 앞에 도착했다.

슬쩍 주위의 눈치를 살핀 티나가 안의 문을 열었다.

관리자로 보이는 흑인과 전공 서적을 들고 있는 학생 몇몇을 제외하면 한적한 창고 같은 공간.

민호는 그녀를 따라 들어서다 입구의 관리자와 눈이 마주쳤다. 백인보다 숫자가 적은 동양인이서 그런지 곧바로 자신부터 쳐다보았다.

『짐.』

티나가 앞으로 나서며 말했다.

『베로니카 교수님의 수업 자료를 확인할 것이 있어서 교환학생이랑 잠깐 견학 왔어요.』

스와힐리어로 능숙하게 관리자와 대화를 나눈 그녀가 민호에게 복도 안을 손짓했다. 민호는 아프리카의 지역별로 구분된 고고학 유물들을 구경하며 전시창고 안쪽으로 걸어 들어갔다.

아프리카 토착 부족이 사용했을 법한 깃털 장신구, 물고기 머리를 본뜬 상아 조각상, 평평한 바위 안에 영양이 잔뜩 그려져 있는 미술품까지. 아프리카의 온갖 역사적 유물이 가지런히 정리되어 진열장 안에 담겨 있었다.

『저는 중앙아프리카 섹션까지 안내해 주라는 말만 들었어요.』

티나가 걸음을 멈추고 앞을 가리켰다.

'저거네.'

민호는 도착한 즉시 알 수 있었다. 유리 너머로 보이는 거무튀튀한 토기 조각. 만지지 않아도 그 기운만은 선명하게 전해졌다. 이미 윤환이 15년 전에 길들였기에 자신은 사용만 하면 된다.

『찾는 물건이 토기였어요?』

한곳에 집중하고 있는 민호의 시선을 따라 티나도 토기 조각을 바라보았다. '마퀘어 부족의 선각기법이 담긴 토기'라는 설명을 읽어본 티나가 물었다.

『그런데 이건 어디다 쓰려고 그러죠?』

유리 진열장의 빗장에 자물쇠가 걸려 있는 것을 확인한 민호는 백팩에서 금고 전문가의 청진기를 꺼내 목에 걸고 대충 에둘러 대답했다.

『저 시대를 살았던 부족의 시대상을 조금 더 세밀하게 조사해 보려고요.』

『점토 혼합물을 채취해서 중성자 방사화 분석이나 분광 분석을 해보려는 건가요?』

『주, 중성자 뭐요?』

비록 전공은 달라도 고고학자 집안의 딸이어서 그런지 전혀 모르는 외계 용어를 남발하는 티나. 민호는 잘못 대답했다는 생각에 머뭇했다. 그러나 다행히도 화제는 금방 다른 것에 쏠렸다.

『어어?』

티나가 자물쇠를 가리키며 놀란 얼굴이 됐다.

『이거 잠겨 있잖아요. 어떻게 빼내죠?』

자세를 살짝 낮춘 티나가 나쁜 짓을 모의하는 것이 팍 티가 나는 낮은 목소리로 말을 이었다.

『어쩔 수 없네요. 제가 짐의 주의를 돌리고 있을 테니 유리를 살짝 깨서…….』

틱, 달칵.

민호가 얇은 핀으로 간단하게 자물쇠를 해체하는 것을 본 티나의 눈이 휘둥그레졌다.

『……어어?』

『이게 낡아서 그런지 그냥 핀 넣으니까 바로 열리네요.』

『진짜요? 다행이다.』

사실상 밑도 끝도 없는 변명이나 순진하고 친절한 이십 대의 풋풋한 아가씨는 수긍하는 듯 보였다.

유리문을 열고 손바닥에 쏙 들어오는 토기를 꺼내 손에 쥔 민호가 다시 문을 닫고 자물쇠를 잠그기까지, 채 2초가 걸리지 않았다. 입구의 관리인은 당연히 알아채지 못한 상황.

민호는 아무렇지 않다는 듯 청진기를 백팩에 도로 넣었다.

티나가 민호를 향해 '그건 갑자기 왜 목에 걸었던 건가요?'하는 의문의 눈빛을 보냈다. 민호는 스와힐리어로 대답했다.

『토기 안쪽 진동 소리를 좀 들어볼까 해서요. 조사 방법은 모르겠지만, 이 그릇을 만들 때 가리비 조가비로 일일이 공들여서 선을 그었다는 건 느껴지네요.』

『맞아요. 근데 가리비 조가비라는 걸 바로 알아보네요? 그런 선각 토기가 아루샤 발굴지에서 많이 발견되는…… 어?』

민호가 유창한 스와힐리어를 구사했다는 사실을 뒤늦게 알아챈 티나가 놀라서 물었다.

『여기 언어를 알고 있었어요?』

연거푸 놀란 티나의 눈은 원래 컸지만, 지금은 '호수 같은 눈'이란 표현이 실제로 이렇다는 것을 보여줄 만큼 확대되어 있었다.

『아버지 따라서 이것저것 배우다 보니, 하하.』

이럴 때는 윤환의 이름을 팔기가 딱 좋았다.

중앙아프리카에서 오래전 사용된 반투어 계열의 언어는 이 토기가 만들어질 즈음에 각지의 부족에게 흩어지며 저마다의 언어로 발전됐다. 그중 하나가 탄자니아와 케냐에서 사용 중인 스와힐리어.

'이거면 됐어.'

『이제 나가요, 티나.』

견학을 끝마치고 걸어 나오는 척, 입구를 지나던 민호는 관리인 짐이 보고 있는 구식 브라운관 TV에 시선이 머물렀다. UN 사무국을 비추고 있는 영상을 배경으로 탄자니아 현지 방송국의 뉴스가 흘러나오는 중이었다.

하단에 자막으로 '오후 2시, 외교부 장관 베너드 멤베의 반군 대응 기자회견 예정'이라는 글자가 떠 있었다. 짐은 하품을 하며 바로 채널을 돌렸다.

'기자회견?'

시계를 보니 1시 28분. 이제 겨우 30분 남짓 남았다. 직접 가서 보고 싶어도 차를 렌트해서 가기에는 시간이 빠듯했다.

『티나. 미안하지만, 저곳에 데려다줄 수 있어요?』

「탄자니아, 다레살람」-모로고로 로드 사거리.

티나는 UN 사무국과 호텔, 쇼핑 건물이 밀집한 구역으로 들어가는 도로에 꽉꽉 들어찬 차량 행렬을 보며 고개를 흔들었다.

『다레살람은 도로가 발달하지 않아 교통 체증이 빈번해요. 특히 번화가 쪽은 더욱.』

『이 속도면 10분 내로 도착하긴 힘들겠죠?』

『아마도요.』

민호는 결심을 굳히고 말했다.

『저 여기서 내릴게요. 걸어가도 충분한 거리니까. 집까지는 제가 알아서 돌아갈게요.』

『괜찮겠어요?』

『네.』

비행기 안에서 대충 지도로 길은 다 외워두었다. 민호는 차문을 열고 거리로 나섰다.

『나중에 봐요.』

티나는 민호에게 손을 흔들어 보이고 차를 돌려 사라졌다.

도로에 붐비는 차량만큼이나 거리에도 사람이 많았다.

아프리카어와 영어로 도배된 상점 간판, 열대과일과 생필품, 물병이 잔뜩 늘어서 있는 야외 노점상 옆을 부지런히 걷던 민호는 하늘에서 따갑게 내리쬐는 태양 빛에 선크림이라도 바를 걸 하는 후회가 들었다.

'모자라도 쓰고 다닐까?'

거리의 잡화상점을 둘러보다 마침 모자를 걸어둔 가판대 앞에 멈춰 섰다. 챙이 넓은 모자가 적당해 보여 손을 뻗는데 그것을 먼저 잡아채는 손길이 있었다.

"익스큐즈 미, 아이 퍼스트."

'응?'

한국식 영어의 구수한 발음에 고개를 돌리니 서른 초반의 건장한 체격의 남자가 땀을 뻘뻘 흘리며 셔츠를 흔들어대는 모습이 눈에 들어왔다.

“한국분이신가요?”

“어? 그쪽도? 죄송하지만, 이 모자는 제겁니다.”

민호는 이 먼 이국땅에서 마주친 저 한국인 사내가 평범한 신분은 아닐 것이라 직감했다. 왼쪽 주머니에 있던 비숍의 유품에 살짝 손을 대보았다. 하얀 셔츠에 회사원처럼 정장을 입은 복장은 비즈니스차 이 지역을 방문해 줬다고 봐주길 원하는 모양새였으나, 경직된 말투와 각이 잡혀 있는 체격이 아닐 가능성이 큼을 시사한다는 분석.

‘뭐, 나랑은 상관없지.’

계속 지켜보면 정체를 확실히 알 수 있겠지만, 지금은 지나가다 우연히 마주친 사람에게까지 신경을 쓸 이유가 없었다. 게다가 자신이 한국의 연예인이라는 것을 모르는 듯했기에 괜한 관심을 두다 상대가 알아채는 것이 더 귀찮다.

“하우머치?”

사내의 물음에 상인이 손가락 3개를 들어 보이고는 영어로 ‘30만 탄자니아 실링’을 외쳤다.

“30만? 가만있자…….”

환율을 계산해 보는 듯 머리를 굴리던 사내가 말했다.

“15만 원이네. 뭐, 인디아나 존스 스타일 모자니까.”

이렇게 중얼거린 사내가 외쳤다.

"투 익스펜시브!"

결국, 25만으로 합의를 보고 주머니에서 돈을 찾기 시작하는 사내. 나름 많이 깎았다는 자부심이 보였다.

민호는 탐나던 모자 옆에 평범해 보이는 야구 모자를 손에 들었다. 상인이 손가락으로 2개를 그리며 영어로 '20만'을 외쳤다. 민호는 모자 아래, 날아갈 듯한 스와힐리어로 『싸다, 5,000실링』이 쓰여 있는 것을 보고 저쪽의 언어로 물었다.

『5,000실링짜리를 대체 몇 배로 불려서 파는 건가요?』

상인이 움찔하더니 멋쩍은 웃음과 함께 말했다.

『잘못 써놓은 겁니다, 손님.』

『1만. 옆에 물도 하나 주세요.』

더는 협상이 없다고 단호히 선을 긋는 민호의 스와힐리어. 누가 봐도 이 지역 사정에 밝아 보이는 모습이었기에 상인은 어쩔 수 없다는 듯 고개를 끄덕여 합의했다.

민호가 1만 실링만 내고 야구 모자를 사서 머리에 쓰는 것을 본 사내는 "응?"하고 놀랐다.

"와, 그렇게 차이 나면 저도 그거 살 걸 그랬습니다."

"그런가요? 전 바빠서 이만."

물병 하나까지 손에 들고 사라지는 민호. 사내는 사파리 모자를 머리에 눌러 쓰고 상인에게 물었다.

"워터, 서비스? 미투, 미투."

"5,000 Shilling."

"하, 이 깜댕이 동대문 양아치 스타일이네. 여□수다."

기자회견 시간을 3분여 남겨 두고, 민호는 UN 본부가 자리한 거리 앞에 도착했다.

"카메라가 대체 몇 대야?"

각국의 방송 매체에 신문기자에 구경온 시민까지 잔뜩 몰려 있는 거리. 교포들까지 나와서인지 흑인들 반, 나머지 피부색을 가진 이들이 반이었다. 그 때문에 UN 건물 앞에 비치된 통제 라인 근처는 사람들에게 치여 가까이 다가가려 해도 그럴 수가 없었다.

『거기. 무슨 짓이지?』

UN 건물 외벽에 붙어서라도 어떻게든 안쪽으로 진입해 보려는 민호에게 경계 중이던 군인이 곧바로 반응해 민호를 저지했다.

『아, 죄송합니다. 여긴 통제 라인이 없어서…….』

『물러서. 기자는 저쪽.』

탄자니아 소속의 군인마크를 달고 있는 상대가 날카로운 눈빛을 보내왔다.

'가까이는 못 가겠네.'

민호는 노선을 바꿔 외곽 쪽에서 보도 중인 프랑스 방송국

옆으로 다가섰다. 기자들의 보도 정보라도 체크하기 위해 점자시계를 터치하고 귀를 기울였다.

『……이곳은 현재 반군의 성명을 전해 들은 8개국의 회의 결과를 기다리기 위한 기자들로 가득합니다.』

『……몸값을 지급하는 방법은 현지에서도 의견이 분분합니다. 나라별로 요구할 것이냐, 단체로 요구할 것이냐.』

『……현지 분석가의 추측 중에는 반군의 전쟁물자가 다 떨어져 마지막 도박을 벌인 것이 아니냐는 의견도 있습니다. 저희 CNN 단독 보도로 곧 인터뷰가 나갈 예정이며…….』

'어떻게 생각해요, 비숍?'

민호는 비숍의 의견을 구하다 UN 건물에서 사람들이 걸어 나오기 시작한 것을 보고 고개를 돌렸다.

양복을 입고 있는 검은 피부의 중년인을 중심으로 각국의 관계자들이 모습을 드러냈다.

한국 쪽에서도 두 명이 보여 약간은 반가운 마음이 드는 가운데, 미국 쪽의 한 사람을 본 민호는 멈칫했다. 비숍의 정보가 저 사람이 CIA의 부국장이라는 사실을 말해 주었기 때문.

'정체는 숨기고 대테러 특사로 왔을 거라는 거죠?'

탄자니아의 외교부 장관이 마이크가 잔뜩 세팅되어 있는 통제 라인 앞으로 다가섰다. 플래시가 터져 나오는 가운데,

기자회견이 시작됐다.

『레아 테일러, 다카쿠라 켄노, 엘렌 몬테이스…….』

납치된 배우들의 이름을 하나하나 말하기 시작한 베너드의 음성. 민호는 아프리카억양이 섞여 있긴 했지만, 그가 서은하를 발음하자 가슴이 찡해왔다.

『이들의 신변은 일단 이상 없다는 확인을 받았습니다. 반군의 요구는 3가지. 자세한 것은 말할 수 없으나 회의 결과 이들의 요구를 일부분 수용하겠다고 의견을 전하자 세 사람을 석방할 용의가…….』

민호는 점자시계의 능력과 더불어 잔뜩 청력에 집중하고 있던 탓에 뒤에서 속삭이듯 대화하는 한국 측 관계자들의 음성을 들을 수 있었다.

–황 부장. 싱가니아 추장과 3명을 교환할 때 서은하 씨가 포함될 것 같습니까?

–첫 교환은 보통 가장 가치가 낮은 이들이 오게 됩니다. 그들에게 우리 한국이란 나라가 어떻게 비춰지는지에 달렸겠지만, 포함될 가능성이 크죠.

'교환? 정말?'

더욱 듣고 싶은 정보였으나 기자들의 질문 세례가 소음처럼 섞여들어 제대로 이어 들을 수가 없었다.

'정철민 씨. 조금 더 도와줘요, 제발. 그럼 그 센스 넘치는

개그 앞으로도 꾸준히 시도할게요.'

오랜만에 점자시계 주인의 이름을 부르며 애절한 부탁을 하자, 손목에서 따뜻한 기운이 일었다. 평소보다 더욱 감각이 확장되어 흐릿하게 들리던 목소리가 민호의 귓가에 흘러들었다.

—잔지바르…… 감옥…… 내일 출발…… 언제쯤 만나게…….

—중립지역…… 교환…… 반군 측도…… 위험을 감수…….

그때였다.

확장된 청력으로 사방의 소리가 모두 크게 들려온 까닭에 저 멀리서 이질적인 기계음 하나가 민호의 귓가에 메아리처럼 울렸다.

철컥— 끼릭—

손가락에 끼고 있던 요원의 반지가 따뜻함을 넘어 따가울 정도의 온도를 발산하며 이 소리가 무엇인지 경고해 왔다.

총을 장전하고 안전장치를 푸는 소리. 그것도 권총이 아닌 소총의 소리라는 것.

'누가 이곳을 공격하려 한다고?'

움찔 놀란 민호가 고개를 돌려 좌우를 훑었다. 3층, 5층의 비교적 낮은 건물들이 도로 맞은편에 즐비해 있었다. 은신 중이라 육안으론 발견할 수 없으나, 저곳 어딘가에서…….

철컥.

또다시 들려온 소리에 민호는 대형슈퍼마켓 옥상 쪽으로 고개가 돌아갔다.

찾았다.

그러나 그 순간 점자시계로 7분 동안 증가했던 감각이 끝났다.

'이런.'

민호는 즉시 회중시계를 꺼냈다.

째깍째깍—

지금부터 2분 후. CIA의 부국장 에릭 다이어가 기자들 앞에 섰을 때, 공격이 시작됐다. 검은 피부의 흑인 사내 둘이 그를 노리고 소총을 난사하지만, 저격용 총의 정교함이 없기에 반사적으로 자세를 낮춘 그가 피격당하진 않았다. 다만 근처의 기자들, 그리고 각국 인사들의 경호를 수행 중이었던 양복 차림의 흑인이 관통상을 입고 쓰러졌다.

아비규환이 된 미래를 목격한 민호의 심장이 사정없이 뛰었다. 무슨 이유 때문인지의 판단은 나중. 지금은 유혈 사태를 막을 방법부터 찾아야 했다.

'JB! 비숍!'

반지와 손거울에서 흘러나온 따뜻한 기운이 교차했다.

윤환은 위험한 짓은 하지 말라고 경고했다. 48시간만 참으면 서은하를 찾을 수 있는 유품을 받을 수 있기에. 그러나 지금 이 사건으로 인질 교환 자체가 성립되지 않는다면, 그래서 반군이 극단적인 선택을 하게 된다면 돌이킬 수 없다.

'미안해요, 아버지. 제가 다치더라도 이건…….'

10초간의 주변 상황 파악과 생각 정리가 끝난 뒤, 민호는 결심을 굳히고 모자를 깊숙이 눌러썼다.

"후우."

민호는 보도국 차량이 늘어서 있는 뒤로 돌아 들어가 건물과 건물 사이로 뛰어들며 얼굴에 손수건을 감아 눈만 드러냈다.

5층의 UN 건물 양옆에는 무장한 군인이 경계를 서고 있었다.

민호는 골목에 몸을 기대어, 비숍의 손거울로 아까 자신의 회견장 접근을 막아섰던 군인을 살폈다. 그리고 회중시계를 들어 이 개입으로 변화될 미래도 꼼꼼히 확인했다. 전부 기자회견에 시선이 쏠린 터라 이곳을 주시하는 이는 없다.

'좋아.'

골목 밖으로 깡통 하나를 던지자 군인의 고개가 돌아갔다. 아래쪽에 시선을 던진 군인은 벽의 돌출부를 붙잡고 그대로 몸을 날린 민호의 동작에 한발 늦게 반응했다.

터억, 하고 목을 올려치는 민첩한 제압 동작.

『크흡…….』

비명을 채 내뱉지 못한 채 앞으로 쓰러지는 군인의 눈동자가 커졌다. 민호는 쓰러진 군인을 곧바로 자리에 앉힌 후에 빠르게 말했다.

『미안해요. 시민들을 위해 10분만 기절해 줘요.』

그사이, 에릭 다이어가 기자회견을 위해 걸어 나오기 시작했다.

민호는 군인에게서 돌격소총을 탈취해 그대로 대형 슈퍼마켓 옥상을 조준했다.

에릭이 마이크가 몰려 있는 곳에서 입을 열었다.

『저는 미국의 대테러 조정관입니다. 저희가 분석한 바로는 부룬디 반군의 최종 목적에 난민을 더는 돕지 못하게 불안감을 조성하는 것. 자국민의 부룬디 이탈을 방지하려는 것이 포함…….』

'하나, 두울, 세엣…….'

민호는 칼같이 시간을 재며 기다렸다.

사고가 벌어지기 2초 전, 그들이 옥상 난간으로 AK-47을 소지한 채 모습을 드러냈다. 민호는 비숍의 유품이 가진 본래의 능력을 이용, 손거울로 미리 비춰두었던 기절한 군인의 음성을 흉내 내 즉각 외쳤다.

『마켓 옥상! 피습 주의하십시오!』

탕탕탕, 세 번의 경고 사격으로 두 명의 상대가 옥상에서 모습을 드러내자마자 움찔 놀라 다시 숨게 하였다. 대형마켓 옥상을 향해, 경호원과 경계 중이던 군인 모두 총기를 빼 들고 위협사격을 시작했다.

기자회견 지역 일대에 대혼란이 찾아왔으나 피를 흘린 이는 없었다.

'됐어.'

민호는 돌격소총을 군인에게 도로 쥐여 주고, 골목 저편으로 득달같이 내뺐다. 결과적으로는 기절해 있는 군인이 적을 발견해 막아낸 모양새. 정확한 잘잘못을 따지는 건 혼란이 진정되고 나서기에 들킬 위험은 없었다.

게다가 지금은 저 옥상에서 도주를 시작할 두 사람을 붙잡는 것이 우선이었다. 일단 저들을 붙잡아서 어디에 넘기든지 넘겨야 이 사태에 대한 정확한 분석이 나온다.

'점자시계를 다시 사용하려면 7분. 회중시계는 9분. 그동안 최대한 거리를 좁혀야 해.'

골목을 빠져나온 민호는 차가 몰려 있는 도로에 뛰어들어 반대편으로 질주했다.

"대사님, 다친 곳 있으십니까?"

"괘, 괜찮습니다."

황정명은 손 대사를 보호하기 위해 자세를 낮춘 채로 그의 머리에 팔을 휘감았다. 본능적으로 안주머니를 더듬어 권총을 찾다 UN 건물에 진입할 때 빼두었다는 사실을 깨달았다.

'이런.'

통신기의 버튼을 누른 황정명이 말했다.

삐빅.

"승범아. 지금 총격 상황 봤지?"

─네, 팀장님.

"이쪽을 노리던 미상의 인원 두 사람이 반대편 건물로 도주했어. 이쪽 군인들이 쫓고 있는데, 너도 따라가 봐. 전문 저격수가 아닌 걸 보니 이쪽 세계 애들은 아니야. 가능하면 살려서 확보해."

─롸저.

"얌마, 너 발음 안 좋다고 영어 쓰지 말라고 했잖아."

─명색이 해외 팀 소속인데…….

"안 뛰냐?"

─넵.

황정명은 탄자니아에 잠입 입국을 명령해 두었던 블랙 요원, 백승범이라면 적어도 한 명 정도는 확보할 수 있지 않을까 하는 기대를 했다. 영어도 모자란 녀석을 해외파트로 발탁한 건 오로지 피지컬과 순간 판단력이 좋아서였으니까.

이렇게 무슨 일이 어떻게 벌어질지 모를 상황에서라면, 녀

석처럼 생존본능이 뛰어난 편이 오래 목숨을 유지한다.

'한 명만 생포해도 한국의 면은 세울 수 있을 텐데.'

이렇게 생각하며 난데없는 총격에 두려움에 떨고 있는 사람들을 둘러보았다. 인명피해는 제로. 그러다 UN 건물 외곽에서 최초 발포했던 군인을 찾아 고개를 돌렸다.

민첩한 경계 반응에, 정확히 옥상 난간에 3발을 박아 넣는 정확성에. 황정명은 내전 위험 국가에 둘러싸인 지역에서 근무하는 군인의 실력은 한국의 특수부대와 맞먹는다고 감탄하다 흠칫 놀랐다.

"어랍쇼?"

비틀비틀 일어서서 어리둥절한 채로 상황을 살피고 있는 군인의 모습. 초소 근무를 서며 쿨쿨 졸다가 순찰 온 중대장과 마주쳐 당황에 빠진 대한민국 육군병사의 모습과 겹쳐 보이는 건 왜일까?

"에이, 설마……."

황정명은 고개를 흔든 뒤에 에릭 쪽으로 눈을 돌렸다. 옷깃에 있는 통신기에 대고 무언가를 빠르게 지시 중인 모습. 아마 저쪽도 요원을 투입하고 있을 것이란 생각이 들었다.

92.

M 슈프리머시 (3)

「탄자니아, 다레살람」-모하마드 스트리트 항구 지역.

사람들을 헤치며 달려 나가던 민호는 숨이 가빠와 허파가 터질 듯 압박받는 것을 느꼈다. 30미터 앞에서 시장 방향으로 도주 중인 두 흑인은 '역시 흑형'이라는 소리가 절로 나올 정도로 무시무시한 탄력을 이용해 내달리고 있었다. 그나마 시야에서 놓치지 않은 것은 정말 죽을힘을 다해 뒤쫓고 있기 때문이었다.

'아프리카는 보통 저 정도로 뛰는 거야? 다리가 끊어지겠어.'

그간 헬스장을 다니며 육체단련을 해왔던 것은 그냥 운동일 뿐, 선천적으로 주어지는 한계를 뛰어넘는 수준은 아닌 모양이었다. 그러니 대장군이 자신의 다리를 보고 무시를 했지.

코너를 돌아 시장통에 접어든 민호는 백팩에서 호리병을 꺼내 흔들어, 꿀꺽꿀꺽 발효액을 섭취했다. 서은하를 무사히 구출할 확률을 1%라도 올릴 수 있다면, 저들을 결코 놓칠 수 없다.

그렇게 힘을 짜내 달리기를 1분여. 드디어 회중시계를 다시 사용할 수 있는 시간이 돌아왔다. 한 번 사용하면 다시 10분 정도 사용할 수 없기에 신중하게.

'가로지르는 방향을 찾아야 해.'

회중시계를 왼손에 들고 점사시계와 동시에 터치한 민호는 저들의 발소리를 토대로 도주 경로를 예측해 그늘이 진 왼편의 골목 쪽으로 방향을 틀었다.

"무브, 무브! 비켜!"

그렇게 달려가다 등 뒤에서 한국인의 목소리가 들려와 고개를 힐끔 돌렸다. 헐레벌떡 뛰어가고 있는 사파리 모자의 사내. 시장 방향으로 맹목적으로 달려가는 뒷모습이 이어졌다.

—보고해 봐.

"현재 육안으로 확보 중! 젠장할. 더럽게 빠릅니다!"

점자시계의 영향으로 사파리 모자의 무전 소리가 들려왔

다. 민호는 어째 달려가는 방향이 자신과 같은 목표를 쫓고 있다는 생각이 들었으나, 사정이 사정이니만큼 상대의 정체 파악은 포기했다.

방향을 꺾어 뛰쳐나온 곳은 생선 비린내가 가득 풍기는 항구 쪽의 어시장이었다. 민호는 미끈거리는 바닥을 지나 생선 가판대 사이의 시멘트 건물 위로 훌쩍 뛰어올랐다.

창문을 밟고, 툭 튀어나온 지붕에 발을 올려 대번에 2층 옥상으로 올라섰다.

'100미터.'

직선거리는 이 정도였으나, 저들은 곧 왼편으로 꺾어 자신이 달려가는 곳으로 뛰어온다.

건너편 옥상으로 길게 뛰어 부드럽게 낙법. 다시 건물 지붕을 달려 아래를 내려다보았다. 오른쪽 시장 골목에서 항구 쪽으로 달려오는 두 흑인의 모습이 포착됐다.

"허억, 허억."

숨을 돌리며 상대를 관찰했다.

나이 대는 흑인이기에 JB와 비숍의 의견이 갈렸다. 스물 중반 혹은 서른 중반. 다만, 피지컬이 상당하다는 것에는 둘 다 동의했다.

'그러니 주의하라는 소리.'

호흡을 최대한 고른 뒤, 손수건으로 얼굴을 가리고 백팩을 벗어 지붕에 걸쳐 두었다. 그리고…… 민호는 그대로 골목으로 뛰어내렸다.

퍼억! 하는 타격음과 함께 뛰어오던 흑인 하나가 민호의 발에 채여 바닥을 굴렀다. 생선이 담겨 있는 바구니가 그 바람에 허공으로 날아올랐다. 고약한 비린내가 사방에 풀풀 날렸다. 점자시계로 후각까지 증가한 상태인 민호는 아예 코가 마비되는 것을 느꼈다.

'크으, 죽겠네.'

『몬순!』

쓰러진 흑인을 향해 다른 흑인이 소리쳤다. 그리고 사나운 표정으로 민호를 노려보았다.

『뭐야 넌?』

스와힐리어가 아니었다. 좀 더 북쪽에서 사용하는 억양. 부룬디의 사람이라는 것을 알아챈 민호는 오른쪽 주머니에 있는 토기를 살짝 건드리고 상대가 구사한 언어로 말했다.

『내가 더 궁금한데? 부룬디 사람이 왜 UN 건물 앞에서 총격을 가하려 한 거지?』

움찔 놀라는 반응. 소총은 버려두고 달려온 탓에 맨손으로 달려들 것으로 생각했으나, 상대가 단검을 손에 쥐었다. 그리고 대번 공격해 왔다.

'JB!'

반지에서 뜨거운 기운이 흘러나와 민호의 머릿속에 근접 전략을 각인시켰다. 힘과 스피드는 모두 상대가 우위. 이럴 때는 일격필살의 정교한 치명타가 답이다.

타다닥—

달려온 상대가 단검 찌르기를 시도했다.

점자시계의 영향으로 손끝의 강화된 촉감이 자동 반응했다. 다가오는 팔의 손목을 잡아채는 동작, 몸을 구부렸다가 스프링처럼 튕기며 어깨로 들이받는 연이은 민호의 움직임이 물 흐르듯 이어졌다.

탁, 터엉!

민호는 명치에 강한 충격을 받아 '흐흡' 하고 신음하는 상대의 손을 꺾어 단검을 떨어뜨린 뒤, 흙으로 된 건물의 외벽으로 강하게 밀어붙였다.

충돌로 진동한 흙벽에서 모래 가루가 우수수 떨어졌다.

'으윽.'

공격은 자신이 했으나 어깨가 끊어질 듯 아팠다.

다행히 상대도 적잖은 충격을 얻은 듯 가슴을 부여잡은 채 생선이 깔려 있는 바닥으로 쓰러졌다. 그러나 어느 때고 반격해 올 수 있는 여지가 남아 있다고 JB가 찌릿한 경고를 전해왔다.

이번에는 먼저 달려들어 상대의 턱 끝을 스치듯 강타했다.

머릿속이 빙빙 흔들리는 충격을 받았을 상대의 팔을 잡아채 뒤로 꺾기까지. 최초의 공격에서부터 고작 3초가 지났으나, 민호는 거친 숨을 몰아쉬며 온몸에서 전해지는 뻐근한 통증을 억눌러야 했다.

"휴."

민호는 옆을 더듬어 생선을 엮을 때 쓰는 줄을 찾아 상대의 팔에 묶었다.

『말해 봐. 어째서 공격한 거야? 저들은 반군과 협상하려 했다고.』

질문하며 손거울을 손에 쥐었다. 순간적으로 전해지는 비숍의 분석은 이랬다.

반군의 세력이 강해지는 것을 두려워한 혁명군 쪽에서 협상을 방해하기 위해 테러리스트를 보냈을 가능성. 기자회견에서 인질 3명을 일단 석방하며 협상에 나서겠다고 하자, 바로 총격을 가하려 했던 것을 보면 합리적인 의심이었다.

『혁명군이라면 탄자니아 정부와 우호적인 관계를 유지하는 게 좋지 않아?』

상대는 묵묵부답으로 대답을 거부했다.

민호는 일단 처음에 기절한 몬순의 등을 돌려 똑같이 포박했다. 그리고 뭔가 건질 것이 있나 싶어 두 사람의 품속을 뒤져보았다. 위조된 신분증과 약간의 돈. 그것이 전부였다.

'어차피 내가 아니더라도 세계 최고의 첩보기관 사람들이 알아서 조사해 줄 테니.'

다시 안쪽에 넣어 두고, 점자시계로 증가한 청각을 이용해 주위를 살펴보았다. 난데없는 싸움에 놀란 시민 하나가 몸을 피해 도망친 것을 제외하면 접근해 오는 인원이 아직 없었다.

이제 UN이나 대사관 쪽에 전화라도 해야 하는 건가, 하고 지붕에 걸어둔 백팩에 시선을 돌리는데 몬순이 정신을 차리고 당황해 비명을 질렀다.

『아도, 아도! 어떻게 된 거야?』

『조용히 해.』

『싱가니아 장군님을 구출하러…….』

빽.

아도라 불린 흑인이 몬순의 머리를 들이받아 말을 멈추게 했다. 이 지역에서 자신들 부족 언어를 이해할 사람이 없다고 생각한 몬순의 섣부른 대화를 조기에 차단한 것이다. 그러나 민호는 이 이야기를 듣자마자 비숍의 손거울이 바로 반응해 뜨거운 기운을 내뿜는 것을 느꼈다.

'저 두 사람이 반군이라고요?'

멀쩡히 인질 교환 협의를 해놓고 UN을 공격할 리 없는 쪽의 사람들.

썩 매끄럽지 못한 공격계획, 정규 훈련을 받은 군인이 아닌 듯한 행동과 처신들을 보면 이 분석은 80% 이상 정확했다.

놀란 민호의 귓가로 누군가 달려오는 소리가 들려왔다.

—젠장, 놓쳤어.

그것이 한국어였기에 사파리 모자의 사내라는 것을 깨닫고 그대로 창문을 밟고 지붕 위로 뛰어올랐다.

백팩을 손에 쥐고 옥상 뒤로 몸을 숨기자마자, 거친 숨을 몰아쉬는 사내가 골목에 나타났다.

“어우, 이게 무슨 냄새야.”

역한 생선비린내에 코를 부여잡은 사내가 계속해서 골목을 걸어 들어왔다.

“분명 이쪽에서 달려 나온 사람을 봤는…….”

사내는 흙벽 아래 나란히 묶여서 쓰러져 있는 두 흑인을 발견하고 멈칫했다.

“어……. 저기, 팀장님.”

—왜? 보고해?

“그 두 사람 여기 있습니다. 팔이 묶여서.”

—뭐? 승범이 네가 제압한 거야?

“아니요. 격전 흔적은 보이는데 정작 사람이 없어요.”

사내는 위를 흘끔 보았다.

지붕 위에서 아래쪽 동향을 주시 중이던 민호는 반사적으로 자세를 낮췄다. 그리고 백팩에서 메모지를 하나 꺼내 정보를 적었다.

—CIA 쪽에서 제압한 거 아니야?

"아닐 겁니다. UN 건물에서 제가 가장 빨리 뛰어 왔다고 확신할 수 있어요."

—백승범. 암마, 너 이건 정확하게 보고해야 해. CIA 작전에 끼어든 거면 나중에 골치만 아파져.

"어쨌든 여기 그놈들이 있습니다. 정 껄끄러우시면 거기 있는 미국에 얘기해 두세요."

—대체 누가 그런 짓을…….

툭.

백승범은 갑자기 허공에서 떨어진 종이 뭉치에 움찔 놀랐다. 발끝으로 떼구르 굴러오는 저 뭉치는 그냥 봐도 쓰레기가 아니라 누군가 인위적으로 던진 물건이었다. 주워서 열어 보니 영문으로 '그들은 반군이다'라는 글귀가 적혀 있었다.

"어어? 뭐지?"

—또 뭐야?

"아무래도 이자들을 제압한 쪽에서 암호를 남긴 것 같습니다. 영어로 데이 아 레벨 포……."

—스펠링으로 불러.

점자시계의 시간이 끝나자 민호는 반대편 지붕을 타고 내려왔다. 시장거리의 사람들 틈에 섞여들며 비숍의 손거울을 손에 들었다.

'어떻게 생각해요?'

반군의 요구를 들어주고 있는데, 그것을 방해하기 위해 반군이 공격한다. 이건 상식적으로 이해할 수 없는 문제였다. 정상적인 납치 사태가 아닐 수도 있다는 가능성을 시사하는 민감한 정보.

'설마 혁명군이 반군인 척 속이고 납치를 했을까요?'

첩보, 안보의 문제에서는 100%의 확신이 아니면 섣불리 판단하지 말라는 비숍의 조언과 함께, '싱가니아'라는 부룬디 반군 측의 중요 인사에 대한 정보가 더 필요하다는 의견이 이어졌다.

'맞아요, 아직 확실한 건 없어요. 내일이라고 했죠?'

민호는 아까 엿들었던 정보를 토대로, 잔지바르의 감옥에서 싱가니아를 꺼내 반군이 잡고 있는 인질 셋과 교환한다는 계획을 우선 기다려 보기로 생각을 정리했다.

「탄자니아, 다레살람」-연합대학 주거 지역.

부우웅—

민호는 렌트해 온 허름한 승용차의 속도를 줄여 포터 옆에 주차했다. 피랍 사고가 벌어지고, 갑자기 다레살람에 들어온 외지인이 늘어난 탓에 속도가 잘 나오지 않는 이 차도 겨우 빌릴 수 있었다.

해가 거의 저물었는데 이층집의 불은 꺼져 있었다.

아버지의 옛 애인이었다는 베로니카 교수님은 아직 돌아오지 않은 것 같고, 티나도 안쪽에 없는지 인기척이 느껴지지 않았다.

차문을 열고 내려서자 전신에 찌르르한 고통이 찾아왔다.

'으으.'

흥분해서 아드레날린이 치솟았을 때는 느끼지 못했었다. 갑작스레 지붕을 타고, 뒹굴고, 넘어지고를 반복하다 보니 몸 곳곳에 상처가 났다는 것을.

오다가 번화가에 있는 약국에 들러 응급상비약을 사온 민호는 일단 상처부터 치료하기 위해 이층집 옆의 게스트 하우스 문을 열었다.

안쪽에는 침대 4개가 나란히 놓여 있는 공간과 화장실로 보이는 문이 있었다. 침대에 백팩을 내려놓고, 응급약이 담긴 봉투를 열어 붕대와 소독약 연고를 꺼냈다.

'이럴 줄 알았으면 종주할 때 가지고 다니던 응급키트는 챙겨오는 건데.'

이제 와 아쉬워해 봤자다. 상의와 하의를 벗어 던진 민호는 팬티만 걸치고 침대 끝에 걸터앉아 소독부터 시작했다.

긁힌 상처에 반창고를 붙이고, 시퍼렇게 멍든 부위에 연고를 펴 바르는데 게스트 하우스 쪽으로 발소리가 들려왔다.

『안에 있나 봐.』

『민호가 정말 윤환과 똑같이 생겼어?』

『그렇다니까.』

티나와 베로니카로 추정되는 목소리. 민호는 황급히 옷을 더듬어 바지를 찾았다. 그러나 문이 열리는 속도가 더 빨랐다.

상체가 고스란히 드러난 상태로, 민호는 바지의 지퍼를 올리다 모녀를 맞이했다.

『아, 안녕하세요.』

『오우.』

『어머.』

티나와 비슷하게 생긴, 인자한 미소를 띠고 있는 베로니카는 감탄했고, 티나는 얼굴이 붉어져 고개를 돌렸다.

그나마 아래는 타이밍 좋게 가리는 것에 성공한 민호는 기왕 보여준 거 멋쩍은 표정으로 말했다.

『이걸 발라야 해서, 이해 좀 해주세요.』

연고를 들어 피멍이 난 어깨에 마저 펴 발랐다.

『전 저녁 준비 시작할게요.』

양손에 한가득 봉투를 들고 있던 티나가 2층 건물 쪽으로 후다닥 사라졌다. 베로니카는 민호에게 다가오며 상처를 확인하고 물었다.

『왜 그렇게 다쳤어요?』

『그게요.』

민호는 이 물음에 이 동네는 총격전이 벌어져도, 그것이 언론이나 인터넷에 실려 순식간에 소문이 퍼지는 곳은 아니라는 생각이 들었다.

『애인이 피랍됐다는 얘기는 윤환에게 들었어요. 혹시 그것과 관련 있는 일?』

『아…… 네.』

베로니카는 주름살이 살짝 있는 눈으로 부드러운 눈웃음을 지었다가 물었다.

『윤환과 닮았다는 티나 말이 정말이네요. 민호 아버지를 티나가 진짜 많이 따랐었는데. 아마 그래서 민호를 보고 기분이 좋았나 봐요. 장을 저렇게 많이 보는 건 처음이거든요.』

어쩐지 생글생글 웃으며 과하다 싶을 정도의 친절을 베풀더라니. 티나와 나이 차이는 얼마 안 나지만, 아까도 약간 오빠가 된 기분을 느끼긴 했다.

한국어 이름을 발음하는 것이 꽤 익숙해 보이는 중년 여성은 감회에 젖은 표정으로 민호의 얼굴을 이리저리 살폈다.

『제가 윤환과 사귀었었다는 얘기도 들었다면서요?』

『그게 정말인가요?』

『윤환에게 한번 물어봐요. 민호를 제게 이렇게 아무렇지 않게 보낼 정도면…….』

베로니카는 약간 슬픈 기색이 되었다가 그녀의 집 방향을 가리켰다.

『치료 잘하고 와요. 30분 정도면 저녁 준비될 테니.』

『감사합니다, 베로니카 교수님.』

『천만에요. 윤환에게 받은 도움에 비하면 아주 작은 보답에 불과하니까요.』

티나가 차려준 저녁은 아주 훌륭했다. 탄자니아의 방식이라는 소고기 꼬치구이에 감자칩과 옥수수.

낮 동안 쉴 틈 없이 움직인 민호의 허기를 달래주기에 충분한 맛과 영양이었다. 식사 도중 베로니카가 전통주를 권하기에 민호는 술을 잘 못한다고 거절했다.

본가는 모스크바에 있지만, 아프리카에 틀어박혀 발굴 작업을 하는 베로니카 때문에 티나는 거의 평생을 이곳에서 살아온 모양이었다. 어째 아버지가 집에만 틀어박힌 시기와 묘하게 겹쳐 보여, 민호는 티나가 정말 숨겨두었던 동생은 아닌가 고민을 해봤을 정도였다.

『이만 건너가 보겠습니다. 잘 먹어요, 티나.』

『잘 자요, 미스터 강.』

『푹 쉬고 내일 봐요, 민호.』

민호는 손을 흔들고 모녀의 집을 나섰다.

게스트 하우스로 돌아가며, 민호는 하늘을 올려다보았다. 가로등 불빛도 전혀 없어 선명하게 별이 보였다. 이렇게 많아도 되나 싶을 정도로 새하얗게 하늘을 수놓은 은하…… 수.

그녀가 보고 싶어지는 밤이었다.

「탄자니아, 잔지바르」─음코아니 교도소.

다레살람에서 바다를 건너 북쪽으로 50㎞.

에메랄드빛 바다로 유명한 아프리카 휴양지의 선착장에서 차량 대열이 막 출발했다. 경찰의 호위를 받는 이 대열의 방향이 쭉 이어진 도로의 끝에는, 휴양지와는 어울리지 않아 보이는 거무튀튀한 사각의 건물이 자리해 있었다.

탄자니아에서도 극악의 범죄를 저지른 죄수와 정치적 전범들이 수용된 죄수 수감시설, 음코아니 교도소.

치익.

『'배달' 시작한다.』

무전기를 들어 작전 시행 명령을 전달한 CIA 작전 팀장 밀스는 옆에서 운전 중인 작전요원 해리엇을 돌아보며 물었다.

『방금 한 말 진짜야?』

『진짜라니까요. 에릭 부국장님 표정 굳은 거 보셨어야 했는데.』

밀스가 믿기지 않는다는 표정으로 중얼거렸다.

『한국의 요원이 혼자서 소총 들고 설친 그 두 사람을 붙잡았다고?』

『저쪽에선 계속 아니라고 잡아떼는데, 정황으로 보면 분명합니다.』

『붙잡힌 두 사람은 뭐라는데?』

『말을 하지 않고 있어요. 영어나 스와힐리어는 전혀 못 알아듣는 것 같고. 에릭 부국장님이 아프리카어에 능한 통역관을 수배해서 오늘 본격적으로 심문한다고 하네요.』

코너를 돌아 멀리 해안선 절벽 위에 보이는 교도소 방향으로 접어든 해리엇이 갑자기 생각났다는 듯 말했다.

『그 한국 요원이 이상한 소리도 했어요. 붙잡힌 애들이 반군이라고.』

『설마. 혁명군 아니야? 백전노장 싱가니아가 풀려나면, 홀리사리오 발등에 불 떨어진 거 아니야.』

『에릭 부국장님도 비슷한 반응이었죠.』

밀스는 고개를 저으며 앞쪽을 바라보았다.

싱가니아 배달 작전. 오늘 이것을 훌륭히 끝마쳐야, 레아 테일러를 구하기 위한 교두보를 마련할 수 있다.

『이 여자는 가는 곳마다 사건이 터지네.』

『아, 마카오에서 린샤오 작전 같이하셨죠? 어땠는데요?』

『말도 마. 웅산에 갱단에. 그때 이상한 다국적 요원이 아니었으…….』

차량이 지나가던 도중, 밀스는 순간 야구 모자를 눌러쓴 동양인을 목격한 것 같아 흠칫 놀랐다. 그 체형이 익숙하다는 말도 안 되는 착각. 창밖으로 고개를 쑥 내밀어 뒤를 돌아보았으나 길 위에는 역시 아무도 보이지 않았다.

드르륵.

굳게 닫힌 감옥의 철창이 쇠가 긁히는 소리와 함께 열렸다. 안쪽의 딱딱한 침대 위에 기도하듯 고개를 숙이고 앉아 있던 오십 대 흑인 사내는 누군가 들어오는 기척에도 전혀 미동 없이 바닥에만 시선을 두었다.

『반군 총사령관 싱가니아. 이동 준비해.』

감옥 안으로 들어선 잔지바르 경찰 소속의 경무관 오콘의 음성에 싱가니아의 고개가 위로 향했다.

『반군?』

덥수룩한 수염, 전혀 손질하지 않은 야생의 머리 때문인지 사나운 맹수 같아 보이는 시선이 발톱처럼 오콘의 가슴을 헤집었다. 오콘은 태연하게 상대를 마주 보려 했지만 단 1초 만에 맹수 앞에 바짝 얼어붙은 초식 동물이 된 기분을 느껴야 했다.

싱가니아가 거친 목소리로 천천히 입을 열었다.

『나는 투치족 전사를 이끌어온 추장이다. 우린 선조의 땅을 지키기 위해 자발적으로 모인 '민병'이야.』

가까스로 시선을 회피한 오콘이 말했다.

『다, 당신의 용사들이 정부군에 반기를 들었으니 그게 그거 아니오.』

『쿠데타를 일으킨 쪽을 당신들은 정부군이라 부르나? 술탄 부족의 셈법은 특이하군.』

관광도시가 된 지 오래된 잔지바르에서 이미 수백 년 전에 사라진 오만의 이슬람 왕조를 언급한다는 것부터가 정상적인 사고방식이 아니었다.

오콘은 왜 이자를 감옥에 넣자마자 부룬디의 내전이 거짓말처럼 종식됐는지, 소문으로만 들었던 것을 실제로 확인하고 속으로 가슴을 쓸어내렸다.

『반군인지 민병대인지. 아무튼, 당신 부하가 교섭하러 왔다니 준비하시오.』

가까스로 이 문을 연 목적을 떠올린 오콘의 음성에 싱가니아의 눈이 빛났다.

『교섭? 술탄 부족은 우리의 적. 투치족에게 적과의 타협은 존재할 수 없다.』

이해가 가지 않는다는 기색.

『교도관들이 얘기도 안 해줬소? 당신의 부하들이 니아루구수에서 봉사 활동하던 배우들을 납치해 무려 8개국을 협박하고 있어. 이슬람 테러집단도 아니고, 부룬디 일개 반군이. 나 참, 세계가 놀랄…….』

오콘은 이렇게 내뱉다가 혹시 상대가 화를 낼까 움찔 긴장했다. 그러나 이동용 수갑이 채워진 싱가니아의 입은 그의 눈빛처럼 한없이 무거울 뿐이었다.

치익.

—적재 완료.

밀스는 싱가니아의 탑승을 보고 받자마자 해리엇에게 출발하라고 손짓했다. 음코아니 교도소의 전기 철책이 개방되고, 방탄트럭이 이동을 시작했다. 외부 도로에서 대기하다

호위하듯 앞뒤에서 검은 차량이 따라 붙었다.

『MI6, DGSE는 잠잠하네요.』

부룬디 반군 납치사건의 대책위원회를 구성하는 나라 중 가장 활발히 첩보거점을 운영 중인 영국과 프랑스의 정보기관을 언급하는 해리엇에 밀스는 당연하다는 듯 대답했다.

『특사로 에릭 부국장님이 파견 왔을 때 이미 선수를 뺏겼어. 여기서 억지로 끼어들었다가 실패하면 작전을 방해했다는 오명만 쓰고 우리 대신 비난을 감수해야 할 거야.』

치익.

–수상한 이동 차량 없음, 시야 양호.

무전에서 들려온 보고를 확인한 밀스가 '감시팀 먼저 가서 안전경로 확보해'라는 지시를 끝낸 뒤 말을 이었다.

『그리고 겉으로만 침묵하는 거야. 각자 채널로 작전 진행사항 전부 감청하고 있을걸?』

『그럼 한스가 '베이비시팅' 중인 저쪽은요?』

해리엇이 사이드미러로 보이는 호위 차량 중에 동양인들이 함께 타고 있는 검은 세단을 가리켰다. 작전요원 한스가 운전 중인 저 차 안에는 중국과 일본, 한국에서 협조라는 명목으로 파견 나온 인물 셋이 타고 있었다.

『뭘 잘 모르는 거지. 아니면, 다른 기관만큼 거점과 감청자원이 없거나.』

『그런 이유라면 딱하네요.』

『나중에 한스에게 전달해 둬. 작전에 방해 안 되게 따로 빼 두라고.』

비좁은 세단의 뒷좌석에 웅크리고 앉아 있던, '감청 자원이 부족해 몸으로 뛰는'요원 백승범은 통신기의 버튼을 누르고 낮은 목소리로 말했다.

"지금 시내 쪽으로 이동 중입니다."

–교환 대상 3인에 대한 정보는?

"아직 없습니다."

–서은하 씨가 포함되어 있으면 좋겠는데.

"팀장님. 만에 하나 반군 놈들이 정신 나간 짓을 벌이면 어떡하죠? 어제도 미친 짓하지 않았습니까? 저 권총 한 자루도 없습니다."

–네가 그 임무에 총이 무슨 필요가 있어. 거기 있는 CIA 현장요원들이 핫바지로 보이냐?

"그건 아니지만……."

–중국, 일본 애들만 함께 가는 게 아니야. 여기 상황실 분위기 보니까 작전지역 광장에 타국 정보기관까지 쫙 깔렸어. 만에 하나 일이 벌어져도 너는 절대 끼어들지 말고 보고만 철저히 해. 해외파트에 배속된 지 3개월도 안 된 요원 사망

신고서부터 작성하기 싫다.

"롸저!"

이 차 안에 한국어를 알아듣는 요원이 없기에 대놓고 하는 보고. 백승범이 웅얼거리듯 계속해서 얘기하자 옆 좌석에 앉은 일본 소속의 파견요원이 날카로운 곁눈질로 그를 보았다. CIA 작전을 앞에 두고 뭐하는 짓이냐는 책망의 눈길에 백승범은 덥다는 듯 창문을 열고, "쏘리, 잇츠 릴리 핫"을 구수하게 발음했다.

「탄자니아, 잔지바르」–카룸 광장.

『손님, 도착입니다.』

민호는 오전 내내 이용했던 택시기사에게 30만 실링을 지불한 뒤 차에서 내렸다.

『고마웠어요, 기사님.』

『스와힐리어 정말 잘하시네요. 마켓 스트리트에 차파티 전문점 정말 맛있으니 꼭 가보십시오.』

『그럴게요.』

자신이 지역 관광을 하러 온 줄 알고 있던 택시기사가 웃으며 떠나갔다.

'나도 여기 온 이유가 관광이면 좋겠습니다.'

페리 선착장에서부터 감옥, 시내까지. 다레살람과는 다르게 도로가 한적했던 터라 CIA의 작전 차량 행렬을 쫓는 건 어렵지 않았다.

민호는 백팩을 어깨에 걸고 주변을 한차례 훑어보았다.

'여긴 유럽이라 해도 믿겠어.'

저 멀리 지중해풍이라 부를 법한 아름다운 바다가 보이는 아프리카답지 않은 휴양 섬의 한복판. 이곳은 그중에서도 쇼핑센터와 호텔이 밀집해 있는 시내였다.

이내 민호의 시선은 도로 반대편에 멈춰선 차량 2대를 향했다. 관광객 복장의 백인 여섯이 세 개 조로 흩어져 광장 쪽으로 걸어가는 모습이 보였다.

모자를 푹 눌러쓴 민호도 점자시계를 터치한 채로 그들 중 한 조의 뒤를 따랐다.

-감시 1팀, 시야 확보 중입니다.

거리가 떨어져 무전을 건네는 상대방 쪽 음성은 확인할 수가 없었다. 그래도 비숍의 손거울을 손에 들자, 민호는 저들이 CIA의 작전요원이라고 확신을 가질 수 있었다. 천천히 걷던 도중 비숍이 또 다른 의견을 건네 왔다.

'오늘 거래가 무사히 성공하면 다른 인질도 풀려날 가능성이 배로 커진다 이거죠?'

서은하가 있을지도 모른다는 것 외에, 민호가 이 지역까지 따라온 이유는 이거였다.

민호는 두 요원이 잡화점 앞에 멈춰 물건을 고르는 척 서 있는 것을 보고 자연스레 방향을 틀었다. 저들의 시야가 향해 있는 이슬람 종교건물 앞 광장이 바로 인질 3명과 싱가니아의 거래가 벌어질 장소라는 비숍의 분석이 이어졌다.

민호역시 시야 확보를 위해 장소를 고민하다 창문 없이 탁 트인 2층 카페를 발견하고 입구로 이동했다. 그러다 의문의 프랑스어가 들려와 멈칫, 자리에 섰다.

『수송차량은 어디래?』

『5㎞ 근처까지 접근 중.』

목 좋은 의자를 먼저 차지하고 앉아 있는 프랑스 대외안보총국 요원들의 대화에 민호는 발길을 돌릴 수밖에 없었다.

'DGSE도 있었네요. 일단 움직일게요.'

감시하기 적당한 장소를 물색하며, 관광객인 듯 휴대폰으로 명소로 보이는 사진을 찍고 돌아다니던 민호는 CIA 소속의 다른 감시팀도 지나가다 발견하고 더 멀찌감치 물러서야 했다. 광장 주위에 건물은 많지만 죄다 1, 2층인 터라 감시에 적합한 요충지는 부족했다.

그나마 쇼핑센터의 입구 쪽이 괜찮아 보여 걸어가던 민호는 영국 억양이 강한 두 백인을 마주하고 슬그머니 지나치며 고개를 저었다.

『조니, CIA 수송차량에 아시아 관계자도 탑승 중이란 얘기 들었어?』

『설마.』

『우리도 아침부터 이 더운 곳에 죽치고 있을 게 아니라 그거 타고 편하게 다닐 걸 그랬어.』

야외음식점 벤치에 케밥을 나란히 손에 쥐고 앉아 있는 저들은 영국의 정보기관 요원이었다. 민호는 속으로 한숨을 내쉬어야 했다.

'쫙 깔렸네. 적당한 곳에 숨기는 글렀어요.'

차라리 가장 높은 곳이 낫겠다는 생각에 민호는 그대로 그들을 지나쳐 3층의 쇼핑센터 안으로 진입했다.

잠시 후, 잠겨 있는 건물 옥상의 문을 따고 밖으로 나온 민호는 땡볕이 내리 쬐는 한낮의 더위에 고스란히 노출되어 숨이 턱턱 막혀오는 것을 느꼈다. 한국에서 경험하는 한여름의 태양 빛이란 건, 이곳의 살인적인 무더위에 비하면 청량감 넘치는 햇살이라 해야 할 것이다.

"으, 사우나네 사우나."

오늘은 그나마 나오기 전에 티나에게 선크림을 빌려 바른 까닭에 아프리카 입성 이틀 만에 시커먼 피부가 되는 것은 면했다는 것에 안도할 뿐이었다.

옥상 난간에 접근한 민호는 많은 관광객이 오가고 있는 광장에 시선을 던졌다.

인질 교환 장소는 시야가 탁 트이고, 출구와 입구가 여러 군데 있는 곳이다. 잔지바르에서 가장 붐비는 시내 중심부.

비숍의 지식이 반군 쪽에서 저 장소를 괜히 설정한 것이 아니라고 말해왔다.

싱가니아를 데리고 이곳을 빠져나간다 해도, 모든 정보기관의 추격을 완벽히 피하기란 쉽지 않은 일. 저 거리의 사람들은 그것을 어느 정도 막아주는 완충재 역할을 해줄 것이다.

'그래도 어제 같은 흑형들이 냅다 달리면, 사람이 많고 적고를 떠나 그냥은 못 잡아.'

대략 반군이 빠져나갈 법한 장소까지 탐색을 끝내는 동안, 광장 저편에 CIA의 작전 트럭이 멈춰 서는 것이 민호의 시야에 포착됐다.

'오늘도 잘 부탁해요.'

민호는 감청 역할을 톡톡히 해내고 있는 점자시계를 터치하고 CIA의 작전 진행을 주의 깊게 살피기 시작했다.

수송차량 도로 한쪽에 정지했다. 조수석의 밀스가 통신기 버튼을 누르고 말했다.

『진행사항 보고해.』

–감시팀 준비 완료.

–경계 1팀 북서쪽 대기 중.

–2팀 남동쪽 방향 대기 중.

–제압 팀 출격 거점 확보 완료.

밀스는 인질 교환 예정 시각까지 이제 5분여 남짓한 것을 확인하고 좌석 뒤편의 창문을 열어 '배달 시작'을 명령했다.

차량 뒷문이 열렸다. 경찰 복장의 두 사람과 이슬람 풍의 신체 전체를 가리는 품이 넓은 천을 두른 한 사람이 내려섰다.

밀스는 해리엇 어깨를 톡톡 쳤다. 사이드미러를 통해 뒷문을 열고 이동 중인 인원을 살피던 해리엇이 고개를 돌렸다.

『이제부터 대책 상황실에 실시간 보고할 거니까 특이점 있으면 바로 알려줘.』

『네, 팀장님.』

목소리를 가다듬은 밀스가 앞에 놓인 무전기를 들고 입을 열었다.

『여기는 작전시행 중인 코만도 팀. 현재 시각 1시 26분. 광장의 동상 앞으로 싱가니아와 현지 경찰, 요원 한 명이 이동을 시작합니다.』

싱가니아의 왼쪽 팔을 붙잡은 채 광장을 향해 걷던 오콘은 감옥을 나선 후부터 단 한마디도 입을 열고 있지 않은 그를 슬쩍 보았다.

화가 난 건지 무심한 건지 모를 표정.

몰골만 봐도 감옥에서의 대우가 과히 좋지만은 않았다는 것은 확인할 수 있다지만, 그래도 6개월 만의 석방인데 너무 굳어 있는 듯 보였다.

동상 앞에 도착한 오콘은 같은 경찰로 위장 중인 흑인 CIA 요원의 신호를 받아 지나가는 사람들에게 고함을 질렀다.

『비키십시오. 공무 수행 중입니다!』

경찰의 외침이기에 동상 주변에 서 있던 시민들이 황급히 거리를 벌렸다.

싱가니아의 오른팔을 붙잡고 있던 요원은 날카로운 눈으로 주위를 살피다가 광장 한복판으로 접근하는, 일제 승합차를 개조한 소형 버스를 발견했다.

'달라달라'로 불리는 탄자니아 지역의 대중교통수단.

직감적으로 반군 쪽이 타고 있을 것을 예상한 요원은 귓속의 통신기를 작동시켜 짧게 보고함과 동시에 싱가니아의 오른팔을 단단히 붙잡았다.

『시야에 들어왔다. 지시 바람.』

―모든 작전 팀 대기 중. 인질 신원부터 확인.

오콘은 살짝 긴장했다. 부룬디 반군에 사납다는 소문만 들었지, 실제로 마주보는 건 휴양지에 배속된 경찰이 경험할 수 없는 일이었다.

부우웅—

광장 중앙에 승합차가 정차했다. 뒷문이 열리고 검은 천을 푹 뒤집어쓰고 있는 세 사람이 결박된 채 앉아 있는 모습이 보였다. 그들 중 하나의 천을 벗기자, 얼굴이 드러났다.

요원이 통신기에 말했다.

『50대 동양인 확인. 다카쿠라 켄노로 추정됩니다.』

차례차례 천이 벗겨지며, 러셀 피어스라는 54세 스페인 국적 인질, 엘렌 몬테이스라는 46세 캐나다 국적 인질의 얼굴이 드러났다.

운전석의 창문이 열리고, 얼굴에 마스크를 쓰고 있는 흑인이 다가오라는 손짓을 해 보였다.

『인질 3인과 4명의 무장인원 탑승 중. 접근합니까?』

—승인.

요원이 오콘에게 눈짓했다. 싱가니아를 가운데 두고 10미터의 거리를 천천히 걷기 시작했다.

승합차의 뒷문과 불과 2미터 앞에 다다른 세 사람.

운전석의 흑인이 영어로 말했다.

『사령관님을 인계해.』

『인질부터.』

일본인 인질이 승합차 밖으로 밀려났다. 식은땀을 뻘뻘 흘리며 공포에 젖어 있던 다카쿠라는 어리둥절한 표정으로 주위를 살피다 요원의 손짓에 다급히 달려와 그의 뒤편으로 엉거추춤 섰다.

『사령관님을 보내. 한 사람은 이곳을 벗어나서. 또 한 사람은 이 섬을 벗어날 때 풀어 주겠다.』

『그럴 순 없어.』

『아직 다섯의 인질이 남아 있다는 것을 명심해. 우리의 인내심은 길지 않아.』

치익.

-무인 정찰기 운항 시작했어. 일단 저들이 원하는 대로 해줘. 차량 정도는 간단히 추적할 수 있으니까.

요원은 귓속에서 들려오는 명령을 따라 싱가니아를 붙잡은 팔을 놓았다. 오콘도 동시에 싱가니아에게서 떨어졌다.

『사령관님, 타십시오!』

흑인의 음성에 싱가니아가 움직이기 시작했다.

천 안쪽의 양손은 포박된 상태였기에 기우뚱거리며 승합차 쪽으로 걸어가는 모습. 사방에서 관광객으로 위장 중인 정보요원들은 그런 싱가니아의 움직임을 숨죽인 채 지켜보았다. 그리고 숨죽인 이들 중엔 쇼핑센터 옥상에 바짝 붙어 있는 민호도 있었다.

뚜벅뚜벅, 승합차의 운전석까지 접근한 싱가니아가 고개를 들어 운전자를 바라보았다.

『넌…… 우체?』

싱가니아가 마스크 뒤의 얼굴을 바로 알아보자 우체라 불린 흑인의 눈빛이 빛났다.

『고생하셨습니다. 사령관님의 복귀를 위해 민병대 모두 결사 항전의 자세로…….』

『투치족 전사들이 민간인을 납치했다고? 그것도 난민 캠프로 피신한 우리 형제들까지 보살폈던 이들을?』

일순 싸늘해진 싱가니아의 시선에는 대체 긍지는 어디 갔느냐는 질책의 감정이 담겨 있었다. 그것을 마주 본 우체의 눈빛에 당혹감이 어렸다.

『아도는 어디 있지? 우체 네가 속한 작전소대를 책임지는 건 그잖아.』

『그, 그는 혁명군과의 전투에서 자랑스럽게 전사했습니다.』

소대장의 위치를 묻는 갑작스러운 질문에 우체의 눈꺼풀은 경련이 일어 깜박였다. 싱가니아는 우체의 눈을 잡아먹을 듯 노려보았다.

『그걸 나보고 믿으라는 말인가?』

『사, 사실입니다.』

『그게 사실이면 이것도 확실하겠어. 너의 추장은 이제 내가 아니라는 거. 내 말이 틀려?』

『사령관님…….』

다급히 튀어나온 우체의 거짓말을 단박에 간파한 싱가니아. 당황한 우체가 긴박한 얼굴이 되어 소리쳤다.

『어서 타십시오, 사령관님! 시간 없습니다!』

싱가니아는 깊은 한숨을 들이쉬고 등 뒤의 경찰 두 명의 위치를 확인했다.

『너희의 새 지도자에게 전해. 긍지를 잃은 투치족 전사의 끝은 죽음의 안식뿐이라고.』

천 속에서 비틀거리는 척 몰래 풀었던 포박용 줄이 싱가니아의 발밑으로 떨어졌다. 그것을 본 우체가 차 문 안쪽에 숨기고 있던 총구를 들어 올렸다.

타타당—!

날아오는 총탄의 각도를 피해 순간 자세를 낮춘 싱가니아는 승합차의 뒤편으로 돌아 달려가기 시작했다.

창졸간에 벌어진 총격에 광장에 있던 모든 사람이 움찔 놀라 고개를 돌렸다.

경찰 복장의 요원이 반사적으로 총을 빼 들고 말했다.

『총격 상황! 싱가니아 이탈! 북쪽으로 도주 중입니다!』

—보고 있어. 제압 팀 백업 중. 무슨 대화를 나눴는지 들었어?

『투치족 언어라 다는 몰라도, 내부의 배신자에 대한 이야기로 추정됩니다.』

—복잡하게 돌아가네.

끼이익!

승합차가 급발진을 시작했다. 요원은 일본인 인질을 보호해 물러서며, 잔뜩 긴장해 있는 오콘의 팔을 잡아끌었다.

—배달 작전 변경. 공중 정찰기는 반군 승합차 추적. 나머진 전부 싱가니아를 쫓아!

93.
M 슈프리머시 (4)

「탄자니아, 잔지바르」–마켓 스트리트.

민호는 옥상에 납작 엎드린 채로 상가가 밀집된 골목으로 도주 중인 싱가니아를 지켜보는 중이었다. 그러며 대화를 엿들어 혼란에 빠진 머릿속을 비숍의 손거울을 쥐고 빠르게 정리했다.

'반군 내에서도 내분이 일어났다고요? 어제 봤던 두 사람은 납치를 반대하는 쪽. 저 승합차에 있는 자들은 납치로 이득을 보려는 쪽.'

누가 주도적으로 반군을 통치하고 있는지는 뻔했다. 만약 싱가니아가 저 승합차에 탑승했다면, 전 지도자를 우상시하는 이들을 끌어내기 위한 미끼로 활용됐을 것이라는 비숍의 분석이 이어졌다. 그리고 그건 당연한 죽음에 이르는 길이었다.

인질 교환이 틀어진 이상, 각국의 정보기관은 물론이고 탄자니아 측의 군경까지 싱가니아를 쫓으려 들 터였다.

'첩첩산중이네, 저 사람.'

방금 목격한 싱가니아의 성향은 타협 따윈 없는 올곧은 성격. 복잡한 추론과 사고 과정에서, 비숍은 다른 건 확신할 수 없어도 싱가니아가 붙잡히면 반드시 죽게 된다는 최종분석을 내보였다. 타살이건 자살이건 말이다.

잔인한 소리지만, 저 사람이 어딘가에선 살아 있어 줘야 재교섭도 의미가 있다. 오늘 나타난 승합차에 서은하가 없음을 확인한 이상, 민호는 조금이라도 가능성이 큰 것에 최선을 다해야 한다고 결심했다.

'JB 도와줘요.'

민호의 요청에 따뜻하게 손가락을 감싸는 기운. 그러나 어제와는 비교도 안 될 정도로 힘든 일이 될 것이라는 뜨끔한 경고도 이어졌다.

민호는 광장 바닥에 납작 엎드려 공포에 바들바들 떨고 있는 다카쿠라에게 시선을 던졌다. 풀려난 그가 저럴진대, 아직 어딘가에 갇혀 있을 서은하는 얼마나 무섭고 아플까?

"JB. 제 순간 판단보다는 당신이 전면으로 나서는 게 나을 것 같아요. 죽지 않을 정도라면, 다치는 건 상관없으니……."

이 음성에 반응해 반지에서 즉각 뜨거운 기운이 흘러나왔다. 민호는 반지에 깃든 요원이 의지가 몸의 자원을 모두 활용할 수 있도록 전신의 긴장을 풀었다.

시장 바닥에서 오렌지 수레를 끌고 있던 행상 옆을 흰 천을 몸에 두른 사내가 다급히 지나쳤다. 수레 끝에 천 자락이 걸린 탓에 쿠당탕, 하는 소음과 함께 수레가 쓰러졌다.

오렌지가 데굴데굴 바닥을 굴렀다.

싱가니아는 바닥에 쓰러졌다가 쭉 찢어진 천의 나머지를 마저 잘라버리고 일어섰다. 골목으로 꺾어 한참을 더 뛴 뒤에, 흙벽 아래의 그늘에 숨어들어 가슴에서 헐떡이는 숨을 꾹 삼켰다.

고개를 살짝 내밀어 보니 시장 한가운데 사방을 경계하며 이동 중인 백인이 보였다.

이 방향으로 도주하면 꼼짝없이 잡힐 것이란 생각에 위를 보았다. 지붕 위로 올라가려다 저 멀리 떠 있는 무인정찰비행기를 발견하고 생각을 접어야 했다.

'어디로 가야 하지?'

당장은 시장 안에서 안전했으나, 이곳을 벗어날 수 없다면 언젠가는 들키게 되어 있다. 그래도 할 수 있는 데까지는 해야 한다.

백인 사내가 사라지길 기다린 뒤, 싱가니아는 반대편 길로 달리기 시작했다. 그렇게 이끼와 풀이 잔뜩 뒤덮인 돌담 옆으로 들어간 그가 반대편 골목으로 나왔을 때였다.

"Hey, you!"

권총을 손에 쥐고 있는 두 사람이 싱가니아를 발견하고 달려들었다.

『움직이지 마!』

정확히 조준하고 있음이 느껴져 싱가니아는 양손을 들어올릴 수밖에 없었다. 5미터의 거리. 자세를 낮추고 점점 좁혀오는 것이 훈련받은 자들임을 암시하고 있었다.

싱가니아는 속으로 고개를 흔들었다.

열강의 정보국 요원, 반군 속 배신자, 숙적 홀리사리오 혁명군까지.

사방이 적뿐이다.

투치족 부대 운영을 맡겨두었던 아도가 사라졌음을 알게 된 이상, 하루빨리 부룬디 요새로 돌아가야 했다. 실권을 잡은 이가 누가 됐건 추장의 권한까지 가진 것은 아니다. 우체가 자신을 다급히 죽이려 들었던 것도 이 때문.

'아직 기회는 있어.'

그러나 실낱같은 희망일 뿐. 이곳을 빠져나가야 뒤를 도모

할 수 있었다.

『날 붙잡으려면, 날 죽여야 할 거야.』

목숨을 걸어서라도 돌담으로 뛰어들어야겠다고 결심을 굳힌 싱가니아는 저들이 가장 흔들릴 때를 기다렸다. 서툰 영어지만 확실히 의사를 전달하자 두 백인은 약간의 긴장이 섞인 눈길이 되어 자신을 주시했다.

『감시 2팀. 현재 싱가니아를…….』

두 사람 중 하나가 왼손목에 장착된 통신기에 대고 보고를 시작했다. 도박을 감행하기 위해 막 움직이려던 싱가니아는 검은 모자를 쓴 누군가 소리 없이 돌담 뒤에서 접근 중인 것에 움찔 놀랐다.

-움직이지 마세요.

상대가 투치족의 언어로 속삭이듯 이야기했기에 싱가니아의 동작이 반사적으로 멈췄다.

돌담 근처까지 도착한 검은 모자는 손에 쥐고 있던 시계를 들고 뭐라고 중얼거리더니 그것을 주머니에 넣고 손가락 세 개를 들어 보였다.

손가락 세 개가 두 개, 하나로 차례로 접혔다. 더불어 싱가니아의 심박수는 점차 상승했다.

타다닥!

기습적으로 뛰쳐나온 검은 모자. 그는 마치 치타처럼 벽을 밟고 뛰어올라 요원 하나의 팔목을 걷어찼다.

『뭐야!』

착지한 검은 모자에게 놀란 다른 요원이 자신을 겨누고 있던 총구를 돌렸다. 검은 모자는 기다렸다는 듯 상체를 비틀며 눈으로 확인하기 힘들 정도의 속도로 팔을 뻗었다.

검은 모자는 권총을 잡아채 손끝으로 장전 손잡이를 분리하자마자 상대의 명치에 강한 한방을 꽂아 넣었다. 순식간에 쓰러지는 요원. 팔목을 걷어차여 총을 놓친 다른 요원이 반격을 위해 달려들었다.

싱가니아는 그것을 막아주려 한 발을 뗐다. 그러나 검은 모자의 반응은 경이적이었다.

등 뒤에 눈이 달린 듯 자세를 급격히 낮추더니, 첫 공격을 가볍게 피해냈다. 그리고 상대의 목덜미를 붙잡아 벽으로 밀어붙였다. 쿠웅, 하는 소리와 함께 내장이 진탕된 요원이 정신을 잃었다.

"후. 떨려. 이렇게 대놓고 움직인 건 처음 봐요, JB."

싱가니아는 전혀 모르는 언어로 중얼거린 검은 모자가 고개를 돌렸다. 손수건으로 얼굴을 가리고 있기에 외모를 파악할 수는 없으나 틈으로 비치는 피부가 백인이 아닌 황인이라는 사실을 알려주고 있었다.

『'지나?'인가?』

『지나? 아, 차이나의 다른 발음이구나. 이 동네는 동양인을 전부 중국인으로 부르나 보죠?』

방금, 누구보다 노련한 사냥꾼이 되어 요원 두 사람을 단숨에 제압한 사람치고는 상당히 천연덕스러운 반문이었다. 게다가 이상한 것은, 분명 투치족의 언어를 유창하게 하는데 그것이 생전 처음 듣는 말투라는 것이다.

싱가니아는 알고 있는 부족전사 중에 저렇게 가벼운 억양으로 말하는 이가 누가 있는지를 떠올려 보았다. 그러나 그런 존재는 없다.

『넌 누구지?』

『싱가니아 사령관…… 아니, 추장님이라 부를게요. 저는 추장님의 전 부하들에게 애인을 납치당한 '한국'의 국민입니다.』

『코레아?』

『처음 들어 보시겠죠. 저도 부룬디가 어디 붙어 있는지 여기 와서 알았으니까요. '피장파장'. 아, 이런 말은 투치족어로 없네요. 제 이름은 강민호. 발음이 힘들 테니 대충 M으로 불러 주세요.』

동양인은 그가 제압한 요원의 품을 뒤져 통신기 하나를 찾아 귀에 꽂았다. 그리고 요원들을 향해 고개를 꾸벅 숙였다. "죄송합니다, 요원님"이라는 알 수 없는 말을 중얼거린 그가 골목 방향을 가리켰다.

『움직이면서 얘기할까요? 영국 요원들이 근처에 있어서 당장 벗어나야 해요.』

이동을 시작하는 동양인. 싱가니아는 무언가에 홀린 듯 그의 뒤를 따랐다.

치익.

–싱가니아와 조우한 감시 2팀 무응답이다. 경계팀, 현재 위치 보고해.

–광장 북쪽, 호텔 거리.

–감시 2팀의 마지막 통신은 광장에서 북서쪽 시장이었어. 싱가니아를 확보하면 남은 인질 협상을 유리하게 가져 갈 수 있어. 반드시 생포해!

통신기에서 들려오는 음성에 민호는 아직 감시 2팀이 쓰러진 장소를 발견 못 했음을 확인하고 싱가니아에게 말했다.

『이 방향에는 아무도 없는 것 같네요.』

『어찌 그리 확신하지?』

CIA 요원들이 눈에 불을 켜고 있는 상황 속에서 보여주는 이 동양인의 침착함은 정도를 벗어나 있었다. 싱가니아는 의심 반 호기심 반인 눈빛으로 민호의 대답을 기다렸다.

『오다가 전부 봤거든요.』

『뭐?』

농담처럼 간단히 대답하고 앞서 나가던 민호는 시장의 가판대 앞에 멈춰 서서 싱가니아의 전신을 훑었다.

『기왕 모슬렘처럼 차려입은 거, 케피야도 쓰고 가시는 게 어때요? 머리가 너무 산발이시라 피부색이 같은 사람이 많아도 시선을 끄네요.』

민호는 이슬람식 모자를 집어 들어 싱가니아에게 내밀었다. 한쪽 천을 길게 늘어뜨린 두건 형태의 모자를 건네받은 싱가니아가 말없이 서 있자 민호는 혹시나 싶어 물었다.

『종교적인 이유로 안 되시는 건가요?』

『투치족 전사는 이곳이 바로 신앙이다.』

심장을 가리켜 보인 싱가니아가 날카로운 시선으로 민호를 보며 물었다.

『왜 나를 도와준 거지? 난 네 애인을 납치한 부족의 사령관이었다.』

『본의 아니게 엿들어서요. 감옥에서 나왔더니 부하들은 배반했고, 돌아가는 상황이 어떤 건지 전혀 모르겠는 거잖아요.』

『날 도청한 건가?』

『비슷합니다. 전 추장님을 안전한 곳까지 모셔다드릴 생각이에요. 그편이 제 애인을 구할 수 있는 확률이 있다고 판단했어요. 일단 움직이죠.』

민호는 케피야 값으로 3,000실링을 낸 뒤에 가판대를 벗어났다. 회중시계로 엿본 각국 정보요원들의 감시망을 비켜나가는 경로로 싱가니아를 안내하며 말했다.

『아직도 제 의도가 불확실하다 생각하시나요?』

『당연한 소리.』

『아도와 몬순은 어제 인질 협상을 방해하려다 UN 사무국 근처에서 붙잡혔어요. 아마 교환을 하게 되면 추장님의 목숨이 위험할 것이라고 예상했었나 봐요.』

싱가니아가 흠칫하는 것이 느껴졌다. 민호는 아도와 몬순을 때려잡는 그 역할이 자신이었다는 사실이 찔렸으나, 당장은 언급을 피했다.

『문제는 투치족 내부의 사정을 CIA를 비롯해 대책본부에서 알아챈 이후에요. 오늘이 지나면 전부 알게 되겠죠. 이렇게 되면 저쪽은 선택지가 늘어나거든요.』

골목을 나서던 민호가 1분 대기라는 제스처를 해보이고 걸음을 멈췄다.

『추장님을 붙잡아 가치를 올려, 1 대 7의 교환을 하려는 시도. 추장님에게 거점 정보를 듣고 무력진입을 하려는 시도. 저들은 중요한 걸 몰라요. 추장님의 의사. 붙잡히면 협조 절대 안 하실 거잖아요. 추장님의 관심사는 인질이 아니라, 불경한 짓을 저지른 투치족 그 자체의 운명이니까.』

아무렇지도 않다는 듯, 돌아가는 상황에 자신의 처지까지 콕콕 집어 이야기해 주는 민호의 목소리에 싱가니아는 듣기 싫어도 귀를 기울이지 않을 수가 없었다.

『……최악은 투치족과 협상 없이 결전을 벌이려는 시도일 거예요.』

민호의 이야기를 듣던 싱가니아는 어느새 시장을 벗어나 광장까지 돌아온 것을 확인하고 눈을 크게 떴다. 아까는 도망을 치다 숱하게 마주쳤던 정보기관 소속의 백인을 지금은 단 한 명도 보지 못한 까닭이었다.

『저 쇼핑몰로. 여기서부터는 몸을 숨길 곳이 적어서 미리 대비해야 하거든요.』

싱가니아는 고민에 빠졌다. 하늘에서 뚝 떨어진 '토템'도 아니고. 대체 어떻게, 까마득히 먼 땅에서 살고 있던 존재가 이렇듯 자신을 돕기 위해 이런 방식으로 나타났단 말인가? 일반 관광객처럼 보이기 위해 얼굴을 가리고 있던 손수건을 푼 상대의 젊어 보이는 외모조차 싱가니아에겐 동양의 신비한 무언가의 작용처럼 느껴졌다.

『무슨 대비를 말하는 거지?』

『아…… 그게…… 수염이랑 머리. 홀랑 깎으셔도 되나요?』

「탄자니아, 잔지바르」-카룸 광장.

"황 팀장님. 지금 장난 아니라고요. CIA가 손도 못 써보고 당했어요. 대체 싱가니아 이 작자 뭐 하는 사람입니까?"

광장 끝에 주차된 검은 세단 옆에 서서, 무전을 엿듣는 것으로 돌아가는 상황을 짐작 중이던 백승범의 보고에 황 팀장이 회신했다.

―수십 년 동안 내전을 치른 백전노장이야. 고도로 훈련받았을지 모르니까 주의해.

"주의나 마나 뭐 움직일 수 있어야죠. 저 일본 요원은 자기네 인질 돌아왔다고 희희낙락. 아주 눈꼴십니다."

―좀이 쑤셔도 움직이지 마. 여기 CIA 부국장 얼굴 부글부글 끓고 있는 거 보여주고 싶을 정도니까.

백승범은 문득 어제 일이 생각나 물었다.

"CIA에서 제가 보고 드린 그 정체불명 X의 신원은 파악했답니까?"

―저쪽은 하도 말이 안 돼서 그냥 네가 잡은 것으로 인식하는 것 같아.

"저도 그랬으면 참 좋겠지만, 제가 한 일이 아닌 걸 공으로 삼는 건 사절입니다."

―그런 자세는 좋아. 앞으로도 공은 모두 내가 가지마. 상황 발생하면 바로 보고해.

통신기 버튼을 끈 백승범은 한숨을 푹 내쉬었다.

"덥고, 에어컨도 안 되고. 헤이, 한스! 에어컨! 노? 노오!"

차 문을 계속 두드리자 운전석의 한스가 고개를 흔들며 통신 중이라는 표시를 보내왔다.

"내 첫 파견 임무는 이렇게 종일 서 있는 나날로 끝나는구나. 서은하 씨 사진 보니까 완전 미인이던데."

영화 속 히어로처럼 여배우를 멋들어지게 구출하는 비밀요원이 되어 보는 것을 잠시 꿈꿔본 백승범은 더위를 이기지 못하고 손 부채질을 시작했다.

그러다 어딘지 익숙해 보이는 동양인 하나가 도로 반대편을 지나가는 것을 보았다. 말쑥한 캐주얼 복장의 흑인 친구와 나란히 거리를 거닐고 있는, 검은 야구 모자를 쓴 동양인. 같은 야구팬인지 옆의 흑인도 뉴욕 양키스 로고가 박힌 모자를 쓰고 있었다.

백승범은 시원한 음료를 마시고 있는 검은 모자를 보며 부럽다는 시선을 던졌다.

'근데 어디서 봤더라? 맞다, 그 매정하던 한국 놈!'

지금 쓰고 있는 사파리 모자는 알고 봤더니 만 원도 안 하는 것이었다. 무려 14만 원을 사기당하는 자신을 그냥 내버려 두고 간 상대를 보고 있자니 분노가 치밀었다.

"팔자 좋구나, 누구는 땡볕에서 이러고 있는데 휴양지 관광을 다니고."

째려보듯 검은 모자를 지켜보던 백승범은 불현듯, 어제 UN 건물을 향해 총기 공격을 시도하려던 흑인을 뒤쫓던 때를 떠올렸다.

정신없이 시장을 달려가던 중, 앞쪽에서 휙 하니 사라진 검은 모자. 그때 당시에는 목표를 쫓느라 미처 의심하지 못했었다. 검은 모자가 사라진 방향. 그건 자신이 그 지역을 빙 돌고 돌아 도착한 어시장으로 향하는 지름길이었다. 돌아올 때 그 길을 발견하고 얼마나 열불이 났던지.

"에이. 아무리 그래도 이런 우연이 어디 있어? 모자 사다가 마주친 한국 사람이 알고 보니 정체불명의 X다?"

황당한 소리라며 자신의 뺨을 툭 치던 백승범은 흑인의 뒷모습에 시선을 꼽혔다.

자세히 살펴보니 체형이 무언가 미심쩍었다. 최소 미들급 이상의 권투선수가 아닌가 싶은 정도의 근육. 아까 잠깐 목격한 싱가니아가 딱 저 정도…….

"시, 싱가니아?"

도로를 사이에 두고 황급히 두 사람을 뒤따르기 시작한 백승범은 떨리는 손으로 통신기의 버튼을 눌렀다.

"팀장님. 지금 싱가니아가 보입니다."

-뭐? 어디?

"광장 서쪽 방향. 50미터 거리에서 미행 중입니다."

–서쪽? 죄다 북쪽을 포위하고 있는데 무슨 소리야? 거길 빠져나왔다고?

“수염을 싹 밀긴 했는데 아마도 맞을 겁니다.”

–이쪽은 기절한 CIA 요원 발견해서 난리가 났어.

황정명의 믿을 수 없다는 음성이 이어지는 사이, 검은 모자와 흑인이 교차로에 도착해 반대편 길로 걷기 시작했다.

백승범은 도로를 가로질러야 할 상황에 직면했다.

“말씀해 주십시오. 계속 미행합니까?”

–음……. 조용히. 괜한 오해였으면 들키지 말고 복귀해.

“롸저.”

민호는 ‘패션’이라는 아프리카 과일즙이 담긴 음료수를 전부 비워내고 이마에 흘러내리는 땀을 닦았다.

목을 축여도 더운 건 마찬가지. 옆에서 걷고 있는 싱가니아는 땀 한 방울 흘리지 않는 것이 이 지역 사람답다는 생각이 들었다.

『추장님. 아까 인질 교환하러 왔던 우체는 어떤 사람인가요? 성질 더럽고 막 그래요?』

『아무리 봐도 도청 장치는 없어 보이는데, 어떻게 그걸 들었지?』

『제가 그 옆에서 귀를 바짝 붙이고 있던 거 못 보셨구나.』

『코레아 부족의 농담은 도무지 적응이 안 되는군.』

싱가니아가 고개를 휘휘 저으며 우체를 평가했다.

『똑똑한 누군가에게 속고 있을 거야. 부족원 중에 가장 멍청하거든.』

서은하가 어떤 고초를 당하고 있을지 불안해서 꺼낸 말이기에 민호는 다시 한 번 물었다.

『투치족을 손아귀에 넣은 배신자는 어떤 인물인지 아시나요?』

『그건 나도 몰라. 내가 키운 투치족 전사 중에 이런 방식으로 민병대를 이끌 사람은 없…….』

싱가니아가 앞쪽을 보더니 안색이 변해 걸음을 멈췄다.

『투치족 행동 대장이야.』

길옆에 우거진 야자수 옆으로 몸을 숨긴 싱가니아가 전방의 사람들 틈에 섞여 있는 한 사람을 가리켰다. 민호도 길목을 지켜선 그를 확인하고 방향을 틀었다.

그러나 얼마 못 가 싱가니아가 또 다른 민병대원을 발견했다.

『멈춰. 이쪽에도 있어.』

『페리 선착장으로 가는 길 전부를 봉쇄 중이군요.』

정보기관의 작전 요원은 광장에서. 우체와 배신한 부하들은 선착장 일대에서. 민호는 점자시계를 터치하고 위장 중인 흑인 병사의 상태를 살펴보았다. 셔츠 안쪽에 쇠가 마찰하는 소리가 들려왔다. 권총을 숨기고 있다.

한둘이라면 제압 후 돌파가 가능하겠지만, 페리 시간을 기다렸다 탑승하기 전에 붙잡힐 확률이 매우 높았다. 당장 이 섬을 빠져나갈 길이 차단됐음을 깨달은 민호는 비숍의 손거울에 손을 올려 도움을 청했다.

'밤까지 기다렸다가 정면 돌파하라고요?'

휴양지의 선착장인 탓에 몰래 타고 갈 요트와 낚싯배는 널려 있다는 정보. 어둠을 틈타 다레살람 선착장에 주차해 놓은 차까지만 도착하면, 싱가니아가 도시를 빠져나가 부룬디로 향할 수 있는 최소한의 길은 마련해 줄 수 있었다.

매스컴은 싱가니아의 존재 자체를 모른다. 아마도 카룸 광장에서 벌어진 의문의 총격 3발 정도가 뉴스에 나오면 모를까.

'그럴게요. 그리고…….'

–상점 코너에 몸을 숨기고 있습니다. 대체 한국인이 왜 싱가니아와 함께 가는 걸까요? 얼굴이요? 그냥 젊은 청년입니다.

'응?'

점자시계의 영향 때문에 등 뒤에서 흘러들어온 한국어에 민호의 귀가 쫑긋했다. 20여 미터 후방, 사파리 모자를 쓰고 있는 사내가 이쪽을 주시 중이라는 사실을 파악한 것은 순식간이었다.

'저 사람 어제 그 한국 요원 맞지?'

제압해야 하나, 도주해야 하나 고민하던 찰나 비숍의 손거울에서 따뜻한 기운이 일렁였다.

'교섭이요?'

어차피 민호가 지금까지 획득한 정보를 전달해 줄 상대는 필요했다. 그것이 한국 사람이라면 오히려 말이 잘 통할 것이라는 의견에 민호는 일말의 희망을 안고 싱가니아에게 말했다.

『추장님. 잠깐만 여기 그대로 서 계세요. 5분이면 됩니다.』

『어딜…….』

싱가니아가 고개를 돌렸을 때는 민호는 이미 담벼락을 뛰어넘은 상태였다.

—백승범. 지금부터는 네 직위를 걸고 확실히 해야 해. 싱가니아가 확실해?

"전 제 감을 믿습니다."

—좋아. 상황실 얼굴사진과 대조해 보게 사진 찍어서 보내. 그 사람 맞으면 한국 정보국이 대박 친 거다. 1시간째 종적을 못 찾아서 여긴 난리도 아니야. 그리고 이건 분명히 네

공이야.

“제 V5 화소가 높아서 바로 판별 가능하실 겁니다.”

백승범은 주머니에서 휴대폰을 꺼내며, 상점에 서 있는 싱가니아를 주시했다. 더 안쪽에 있는 정체불명 X의 사진도 한 번에 찍었으면 싶어 각도를 고민하며 휴대폰을 켰다.

“대놓고 찍어 달라고 할 수도 없고. 딱 숨어 있어서 곤란하네. 일단 싱가니아부터 촬영을…….”

“대놓고? 저 찾아요?”

뒤편에서 들려온 한국말에 백승범은 등줄기에 소름이 쫙 돋아났다.

‘역으로 당한 거야 나?’

아니다. 아직은 아니야. 같은 국정원 기수 중에서 격투 실력만큼은 가장 뛰어나다 칭송받았던 자신이 바야흐로 실력을 보여줄 차례였다. 등을 돌리자마자 팔꿈치로 상대의 얼굴을 가격하고 날렵하게 손날로 팍!

몸을 세차게 돌리며 전력을 다해 팔을 휘두르던 백승범은 허공을 헛되이 가르는 자신의 손날에서 허전함을 느껴야 했다.

필살의 일격을 한걸음 물러서서 지켜보고 있는 검은 모자의 무심한 시선.

“한국 사람끼리 타지에서 싸우지 맙시다. 날도 푹푹 찌는데.”

백승범은 이런 긴박한 순간에 찾아온 뜻밖의 뻘쭘함에 이러지도 저러지도 못하고 석상처럼 굳어졌다.

"너 대체 누구야?"

"제 얼굴 몰라요?"

"알지. 어제 모자 가게! 그 어시장에서도 너였지?"

"어휴. 정말 TV랑 담쌓은 분이시구나."

상대가 한숨을 푹 내쉰 뒤에 품속에 손을 넣었다. 자신이 움찔하자 진정하라는 표정을 짓고, 천천히 휴대폰을 꺼내 저장된 동영상 하나를 틀어 주었다.

—……나는 한계를 극복하고 싶다. 넌 어때? V5.

낯 뜨거운 광고를 어쩔 수 없이 보여준 민호는 말했다.

"정체불명 X가 아니라 한국의 시민 강민호. 직업은 연예인입니다. 이 정도면 신분 확실하죠?"

"거짓말……."

허탈한 기색으로 민호의 얼굴을 자세히 살펴보는 백승범. 그가 사용 중인 최신형 휴대폰의 광고모델이 지금 바로 앞에서 있다는 사실이 도무지 믿어지지 않는다는 눈치였다.

민호는 손가락으로 코끝을 긁으며 말했다.

"그 심정 이해해요. 서울도 아니고 탄자니아 한복판에서 이렇게 동향 사람을 만난다는 게 쉬운 일은 아니니까. 그래도 상황이 상황이니만큼 제 요청부터 들어주세요. 저 앞에 반군의 전 사령관을 노리는 배신한 부하들이 쫙 깔렸거든요."

"무, 무슨 소리야?"

민호는 백승범이 귀에 차고 있는 통신기를 가리켰다.

"팀장님이란 분과 대화해야겠어요."

"어……."

"어떻게 아는지는 중요한 게 아닙니다. 지금은 한국의 선량한 시민이 아프리카의 무장 세력에 납치당한 사건이 더 중요하죠."

"하……."

"하지만 싱가니아는 반군 소속이고 저는 그를 돕고 있는 적으로 추정되는 목적 불분명의 사람이다? 왜 현시점에서 싱가니아를 적이라 판단하는지는 살짝 의문이네요."

"너 뭐야!"

회중시계를 손에 쥐고 시간 절약을 위해 백승범의 말을 시작부터 차단해 버린 민호는 어쩔 수 없이 손을 뻗어 그가 귀에 차고 있던 통신기를 빼앗았다.

"이게……."

탁.

민호가 팔을 뻗어 백승범의 목을 번개처럼 움켜쥐었다.

“요원님을 제압 못 해서 가만히 있는 게 아니라는 사실을 알아 줬으면 합니다.”

콜록거리며 이 손 놓으라는 표증을 짓는 백승범을 보며 민호는 통신기를 착용하고 버튼을 눌렀다.

“팀장님. 들리세요?”

—어, 승범…… 이 목소리가 아닌데?

“맞습니다. 저는 강민호. 현재 싱가니아 추장과 함께 이동 중인 한국의 시민입니다. 백승범 씨는 이 앞에서 단지 놀라고 있을 뿐이니 걱정 마시고요.”

민호가 손을 떼자 백승범이 자리에 주저앉으며 숨을 몰아쉬었다.

무전 너머에서 이 사태를 어떻게 받아들여야 할지 고민하는 듯한 시간이 흐른 뒤, 팀장의 목소리가 들려왔다.

—원하는 게 뭐야?

“도움이요.”

—이봐, 강민호 씨. 도움? 생각이 있는 거야, 없는 거야? 지금 당신과 함께 있는 사람. 여기서 얼마나 찾고 있는지 알기나 해? 위험인물이니 당장…….

“싱가니아가 아무리 위험해도, 말도 안 통하는 반군 사이에 붙잡혀 있을 서은하 씨의 위험만 할까요?”

—……무슨 뜻이야?

민호는 비숍의 지식으로 빠르게 이어지는 분석정보를 그대로 입에 올렸다.

"한국의 정보요원이 이곳에 파견된 목적은 뭡니까? 자국민 보호? 아니면 정보기관 눈치를 보려고? 적어도 이 시점이라면 CIA의 작전보다, 서은하 씨를 어떻게 안전하게 한국으로 돌려보낼지가 우선돼야 한다고 생각해요."

이후, 1분간 민호는 싱가니아에게 들은 정보를 간추려 그대로 팀장에게 들려주었다.

—허…….

헛웃음이 이어진 뒤, 팀장이 입을 열었다.

—놀랍군. 투치어는 어떻게 알고 있는 거지?

"제 기사 검색해 보시면, 공부 꽤 잘한다는 걸 아실 겁니다."

—그렇다 해도 여긴 일반인이 함부로 돌아다닐 수 있는 동네가 아니야. 당신 목숨을 담보로 피랍된 인질을 구해야 할 특별한 이유라도 있나?

"이유야 많죠. 서은하 씨 아버님이 강북서 형사반장님이시거든요. 아마 무척 마음 졸이고 계실 거예요. 되게 유능한 분이신데 이번 일 때문에 범죄자 소탕에 소홀하게 되면, 강북지역 전체에 손해죠. 모범시민으로서 해야 할 일인 겁니다, 이게."

—지, 진심인가?

JB의 감성을 아까부터 고스란히 받아들이고 있기 때문인지 말투가 평소보다 유들유들했다. 그러나 민호는 상대에게 어떻게 비치건 개의치 않고 말을 이었다.

"저는 싱가니아 추장이 본래의 거점으로 복귀할 수 있게 도울 생각입니다. 추장은 납치라는 일 자체를 불경한 것으로 여기고 용납하지 않아요."

ㅡ그가 돌아가면 반군을 움직일 수 있다고 생각하나?

"투치족 내에서 추장의 권위는 신과 같아요. 싱가니아가 감옥에 갇혔던 6개월이 아니었다면, 애초에 납치 사건 같은 건 일어나지 않았을 거라고 생각합니다."

ㅡ강민호 씨의 정보분석에는 나도 어느 정도 동의해.

"제 역할은 딱 여기까지. 팀장님께서는 지금 들은 정보를 오로지 서은하 씨 구출 가능성이 큰 쪽으로 이용해 주세요. 아마 내일쯤이면 피랍된 사람들이 있는 정확한 위치를 알려 드릴 수 있을 것 같아요. 도시를 나가게 해주면 싱가니아 추장이 위치를 알려 주겠다 약속했거든요."

윤환이 보낼 유품을 이용하는 것이지만, 민호는 이번에는 싱가니아를 팔았다. 어차피 추장의 말을 알아들을 수 있는 이는 탄자니아에서도 극소수, 한국에는 없다.

ㅡ다 좋아. 좋은데, 내 상식으로는 도저히 이해할 수가 없는 일이 하나 있어.

“뭐가요?”

–강민호 씨 당신이라는 존재. 당신 진짜 대한민국 연예인 강민호야? 어디 특수부대라도 나왔어? 아니, 한국에선 이런 발상으로 움직이는 요원 자체를 키울 수가 없어.

여기서부터는 곤란한 부분. 서은하를 찾기 위해서라면 어떤 커밍아웃도 할 수 있지만, 이 정도면 상대도 인정하고 따르리라는 예상이 들었다.

“제 도리는 다했습니다. 그럼 이만.”

민호는 대답을 듣지 않고 통신기를 벗어 백승범에게 넘겼다. 겨우 통증에서 벗어난 그에게 미안하다는 뜻으로 어깨를 툭툭 쳐준 후, 그를 지나쳐 싱가니아가 서 있는 상점 쪽으로 움직였다.

“팀장님. 접니다, 백승범. 콜록.”

–승범아. 따라가.

“지, 지금이요?”

–어차피 CIA 작전에 우리는 방관자일 뿐이야. 계속 강민호 옆에 붙어서 백업해 줘. 지금부터 우리의 비공식 작전 주체는 CIA가 아니라 네 옆에 있는 사람이다. 정신 바짝 차려.

“저는 저 사람…….”

–명령이다.

“……롸저.”

백승범이 민호의 뒤를 쫓았다.

"강민호 씨!"

민호는 백승범이 황급히 따라붙어 옆에 서는 것을 보고 물었다.

"왜요?"

"강민호 씨와 팀장님이 주기적인 연락을 취하려면 제가 옆에 있어야 할 것 같아서 말입니다."

"전화 있잖아요. 대사님도 UN 상황실에 같이 있으니 한국 대사관에 통화 걸면 간단히 연결되지 않아요?"

"그야 그렇죠. 아, 아니. 그렇다면 제가 강민호 씨 보디가드 겸……."

이렇게 말하던 백승범은 혼자 쇼를 했던 아까의 추태를 떠올리고 얼굴이 벌게지는 걸 느꼈다.

"보디가드는 됐고요. 조용히만 따라와 주세요. 어차피 내일 서은하 씨 위치를 알게 되면 그 통신기로 연락하는 게 편할 테니. 대신 제 일은 절대 방해하지 마시고요."

"롸, 롸저."

"싱가니아 추장님과 차파티를 먹으러 갈 계획인데, 점심은 드셨나요?"

"……이 상황에요?"

「탄자니아, 다레살람」–페리 선착장.

어둠 속에서 철썩거리는 파도 저편으로, 3인승 요트 하나가 바람을 가로질러 해변으로 접근했다. 민호는 메인 돛과 이어진 시트를 쭉 당기고 동시에 방향키를 조작해 요트의 항로를 페리 선착장과 조금 떨어진 장소로 돌렸다.

"조작이 상당히 능숙하시네요."

배의 선두에 걸터앉아 있던 백승범은 요트 세일링 기술을 가볍게 선보이는 민호에게 시선을 돌렸다.

"나이가 스물넷이라고 하셨나요?"

그의 의문 가득한 시선에 민호는 조용히 웃어 보이며 중얼거리듯 말했다.

"어깨 너머로 배웠어요. 제 친구가 이런 고급 취미가 있는 줄 몰랐거든요."

"친구?"

"있어요, 비숍이라고. 요원님. 속도를 줄여야 하니 주 돛 좀 감아 올려 주세요."

민호의 손짓에 백승범은 시키는 것을 반사적으로 행했다. 날이 저물자마자 잔지바르 선착장에서 요트를 탈취한 뒤 4시간의 항해를 한 터라, 백승범조차 보조 돛 조작에 익숙해진 상태였다.

키를 고정한 민호는 서서히 해변이 가까워지는 것을 확인하고 주머니 속 토기 조각에 손을 댔다. 그리고 중앙에 앉아 있는 싱가니아에게 말했다.

『도착했어요.』

『여기가 다레살람인가?』

『네, 저 위쪽 페리 선착장의 주차장에 제가 빌려놓은 차가 있어요.』

오늘 아침까지만 해도 이렇게 반 자유의 몸으로 도주하게 되리라 생각지 못하고 있었던 싱가니아는 자신을 이곳까지 안전히 이끌어준 동양인 청년을 한동안 지켜보았다.

『M. 코레아 부족 사람은 다 이런 건가?』

『뭐가요?』

『그대의 애인은 우리 부족과 홀리사리오 전선과의 내전으로 고통받는 이들을 돕기 위해 이 땅에 왔어. 그리고 그대는 이 상황에 나를 전력으로 돕고 있고. 투치족은 투치족 외부의 사람에겐 이렇게까지 자비롭지 않아.』

요트가 해변에 닿았다. 민호는 발목 깊이의 물 위로 뛰어내리며 말했다.

『문화의 차이겠죠. 저희 코레아 부족은 어르신을 공경하는 것을 예의라 생각하거든요. 다만 저라고 아무 조건 없이 베푸는 게 아니에요. 이미 투치족 내부 사정은 제가 아는 정보원에게 모두 얘기했고, 대책위원회가 향후 어찌 반응할지는 아무것도 보장할 수 없어요.』

『낮에 말했던 최악의 상황이라면…….』

『투치족 전체에 심각한 타격. 인질의 목숨도 보장할 수 없게 되겠죠.』

민호는 비숍의 의견으로, 그걸 막기 위해 싱가니아가 투치족에 무사히 돌아가 추장으로서의 권위를 세워 일을 바로잡아 주어야 한다고 판단하고 있었다. 그리고 싱가니아의 움직임은 반군이 모를수록 좋다. 대책위원회에 있는 황 팀장이 뒤에서 잘 조율해 주면 좋으련만. 비숍이 파악한 바로는 꽤 괜찮은 베테랑 요원이라 하니 믿을수 밖에.

『올라가요, 추장님.』

앞장선 민호를 따라 싱가니아와 백승범이 움직였다. 백승범이 성큼 민호의 옆으로 붙으며 걱정된다는 듯 물었다.

"CIA가 우릴 찾아내면 어쩝니까?"

"별수 있나요, 붙잡혀야죠."

"그건…… 지, 진심입니까?"

민호는 당황하는 백승범에게 담담히 말했다.

"대책위원회는 공개적으로 싱가니아를 언급할 수가 없어요. 처음부터 탄자니아 없던 존재니까. 이런 규모의 도시에서 색출 활동을 효과적으로 해내려면 대규모의 전력을 순식간에 집중하는 것 외엔 방법이 없어요. 그리고 그건 당장 선택할 수 없는 수단이죠."

"아아."

"요원님이 경찰에 신고한다면 얘기는 달라지지만. 혹시, 스파이세요?"

"아닙니다! 저어…… 강민호 씨."

비숍의 첩보지식을 빌어 얘기해 줬을 뿐인데 백승범은 감탄한 표정이 되어 민호를 불렀다.

"제가 레슬링만 하다 국정원에 뽑혀 들어간 터라 머리가 좀 굳었습니다. 앞으로도 계속 이렇게 주저 없이 설명해 주시면 감사히 배우겠습니다."

"배우실 필요까지야……."

민호는 아침에 주차해 두었던 승용차 앞에 섰다. 백팩에서 키를 꺼내 뒤따라온 싱가니아에게 건넸다.

『여비도 드릴게요. 일단 주유소와 식료품점에 들러서 국경까지 이동할 수 있을 만한…….』

이동 방법에 대해 조언하는 민호. 그 옆에 서 있던 백승범은 통신기에서 연락이 와 버튼을 눌렀다.

–승범아. 어디야?

"항구에 도착했습니다."

–아직 싱가니아 출발 안했지?

"네, 지금 강민호 씨가 키를 넘겨주고 있습니다."

-강민호에게 전해. 잔지바르의 정밀수색이 실패한 다음, CIA에서 탄자니아 경찰국에 요청해 도로마다 검문을 시행 중이라고. 여긴 도시 밖으로 나가는 도로가 몇 개 없어서 반드시 검문을 당해. 그 대비책이 있어야 할 거야.

"롸저."

통신을 끝내자마자 백승범이 민호를 불렀다. 그리고 황정명에게 들은 사실을 그대로 전해 주었다.

"검문이요?"

민호는 비숍의 손거울을 손에 쥐었다. CIA가 효율적인 대응을 해왔다. 그러나 저쪽은 싱가니아 혼자만을 생각하고 있을 뿐, 자신이 돕고 있다는 것을 모른다.

'아무래도 제대로 위장해서 도시 바깥까지 안내해 주는 것이 좋겠죠?'

그러려면 야밤에 나가는 것은 불가능했다.

민호는 선불폰을 꺼내 아침에 받아 두었던 베로니카의 번호를 눌렀다. 금방 신호음이 가고, 수화기를 드는 소리가 이어졌다.

-네.

『교수님, 저 민호예요.』

-민호? 해가 졌는데 게스트 룸에 불이 안 켜져서 걱정하고 있었어요. 일은 잘됐나요?

『어느 정도는요. 교수님. 죄송하지만 부탁이 하나 있는데요…….』

잠시 후, 통화를 끝마친 민호가 싱가니아를 돌아보았다.

『추장님, 출발은 내일 하시는 게 어떨까요? 제대로 준비해서. 경찰이 지금 주요 도로를 검문하고 있다니까, 이동 루트까지 전부 짜고 숙지한 뒤에 가셔야 안전할 것 같아요.』

어느 샌가 민호를 신뢰하게 된 싱가니아였기에 바로 고개를 끄덕였다. 백승범은 또 무슨 일을 하려고 하는지 기대 반 의문 반으로 민호를 바라보았다.

민호는 빠르게 방금의 대화에 관한 이야기를 꺼냈다.

"요원님, 일단 제 숙소에서 휴식을 취하고 아침에 가야 할 것 같아요. 따라오시겠어요, 아니면 호텔로 돌아가시겠어요? 돌아가신다면 그 앞까지는 태워다 드릴게요."

"당연히 따라가야…… 어? 제가 호텔에 투숙 중인 건 어찌 아셨습니까?"

민호는 운전석에 올라타며 대수롭지 않다는 듯 말했다.

"비즈니스 방문으로 위장해서 입국하셨잖아요. 외교채널로 들어오셨으면 외교행낭에 권총 한 자루라도 넣어서 들고 오셨겠죠. 셔츠 안에 빈 총집만 껴놓고 있을 게 아니라."

백승범은 순간 소름이 쫙 끼쳤다. 조수석에 묵묵히 올라타는 싱가니아를 보며, 얼른 뒷좌석의 문을 열고 차에 앉았다.

강민호가 연예인이건 뭐건 간에, 황정명과 선배들에게 말로만 들었던, 치열한 정보전쟁을 경험한 진짜배기 요원이 아닐까 하는 의심은 아까부터 계속해 오고 있었다. 그리고 그것은 서서히 확신으로 돌변하는 중이었다.

절대로 붙어 있어야겠다는 마음이 든 백승범의 시선은 일거수일투족, 민호의 움직임에 집중됐다.

94.
M 슈프리머시 (5)

「탄자니아, 다레살람」-연합대학 주거지역.

아침이 밝았다.

간밤에 도착한 아담한 게스트 하우스 안의 침대. 눕자마자 기절하듯 잠에 빠져 있었던 백승범은 두런두런 들려오는 말소리에 서서히 눈꺼풀을 들어 올렸다.

반대편 침상에는 민호와 싱가니아가 마주 앉아 이야기를 나누는 중이었다. 백승범에게는 웅얼웅얼, 전혀 알아듣지 못할 아프리카어로.

"깨셨어요? 식사부터 하세요."

민호는 잠에서 깬 백승범에게 탁자 위의 오렌지 주스와 빵을 가리켜 보인 뒤, 싱가니아에게 말을 이었다.

『지구 한쪽 끝에서 누군가 음모를 기획하고 계획하면, 고작 며칠 만에 지구 반대편에서 그것을 실행할 수 있는 시대라는 거죠.』

『나의 지도 방식이 틀렸다 이 말인가?』

『틀렸다기보다는 낡았다가 옳아요. 참호를 파고, 전투를 대비하는 건 현대에는 맞지 않는 전투방법이에요. 당장 속사무기의 집중적인 화력이라는 공격방식을 극복할 수가 없잖아요.』

수준 높은 군사활동 능력과 뛰어난 지도력으로 숱한 내전을 승리로 이끌었던 싱가니아 총사령관. 그런 그에게 민호가 현대전술의 개념을 설명하고 있음은 꿈에도 알 수 없는 백승범은 빵을 입에 물고 두 사람을 물끄러미 지켜볼 뿐이었다.

『전쟁의 추세는 변화하고 있어요. 적은 숫자의 행동대원만으로 심각한 파괴를 가할 수 있을 만큼 무기는 강력해진 반면, 인구와 기반 시설의 밀도는 증가해 단 한 번의 폭격에 엄청난 사상자가 나오고 있죠. 이런 짓을 하는 비국가 활동 세력을 테러리스트라고 불러요. 추장님의 투치족은 현재 국가가 없는 상태고.』

『그래서 서방의 세력이 우릴 테러리스트로 규정하고 있다 이거군.』

『그렇긴 하지만, 그걸 무력 충돌만으로 해결해야 할 이유는 없어요. NGO, 사업체, 언론, 종교집단. 국가의 이름을 갖고 있지 않은 활동세력은 세상에 널려 있어요. 부족과 같은 개념은 아니지만, 부족처럼요. 투치족이 홀리사리오 전선과 함께 갈 수 없다 해도, 이런 국가 소속이 아닌 단체는 상관없지 않을까요?』

백승범은 세상에서 가장 존경하는 선배 황정명조차 상대할 때 주의하라고 재차 강조했던 그 싱가니아가 경청하는 눈빛이 되어 민호의 말을 가만히 듣고 있는 것이 무언가 놀라우면서도 신기했다.

저런 눈빛이 세계 공통적으로 볼 수 있는 것이면, 아마도 무언가 깊은 깨달음을 얻게 해주는 스승을 만난 표정이라고 해야 하리라.

'그게 말이 돼? 되나?'

세상에, 아프리카 한복판에서 내전 중인 부족의 추장에게 저런 존경을 받는 한국인이 있을 수 있다니. 백승범은 아침부터 팔뚝에 서늘한 닭살이 돋아나는 것을 체험해야 했다.

삐빅.

탁자에 올려둔 통신기가 반짝여 백승범은 그대로 귀에 걸었다.

"네, 팀장님."

–보고해.

"그게, 여기 고고학 교수님 도움을 받아서 아침 일찍 이동할 거라고 듣긴 했는데……."

–고고학 교수?

"러시아 분이라고. 이 일과 전혀 관련 없이, 도움만 주는 분이라 강민호 씨가 자세한 언급은 하지 않았습니다. 딸도 하나 있는데 예쁘…… 크흠. 출발할 때 보고 드리겠습니다."

–강민호는 뭐해?

백승범은 흘깃 민호에게 시선을 돌렸다.

"싱가니아에게 뭐라뭐라 막 얘기하고 있어요."

–그게 뭐냐 이거지.

"낸들 압니까. 아프리카어를. 탄자니아에 존재하는 개별 부족의 언어만 100개가 넘는다네요."

–후…… 그럼 물어봐, 이 멍청아!

"분위기만 봐서는 강민호 씨가 싱가니아에게 뭐 대단한 걸 알려주는 것 같습니다. 싱가니아가 지금 감탄하면서 박수를 칩니다."

–중계하지 말고. 쯧, 됐어! 여기 상황실도 가동됐으니까, 시간마다 보고해. 뭔 일 있으면 바로 연락 줄 테니.

"롸저."

백승범이 통신기를 제대로 장착하는 사이, 게스트 하우스의 문이 열렸다. 어제 잠깐 마주쳤던 그 예쁜 러시아 여대생이 등장했기에 백승범은 입을 헤벌쭉 벌리고 그녀에게 시선을 두었다.

『미스터 강. 공항에 이게 도착해 있었어요.』

손바닥만 한 박스 하나를 손에 쥐고 민호에게 접근하는 그녀. 백승범은 이 순간만큼 영어를 제대로 배우지 않은 것이 후회된 적이 없었다.

민호는 티나의 음성에 벌떡 일어나 박스를 받아 들었다.

『고마워요, 티나.』

『엄마가 30분 뒤에 준비 다 끝난다니까 그때 나오면 돼요. 저 수업 있어서. 나중에 봐요.』

티나가 방안의 사람들에게 손을 흔들고 사라졌다.

'왔어!'

윤환이 특급배송으로 항공사 측에 거금을 주고 의뢰해 보내온 박스를 손에 든 민호는 흥분하지 않을 수 없었다.

이걸로 서은하가 어디에 있는지 드디어 파악할 수 있다.

허겁지겁 포장을 뜯어 열어보니, 차곡차곡 접혀 있는 종이와 빽빽이에 둘러싸여 있는 손바닥에 쏙 들어오는 크기의 그것이 모습을 드러냈다.

'나침반?'

눈금자와 돋보기가 달린 투명한 밑판에 나침반이 붙어 있는 물건. 손에 쥐자마자 추억 하나가 번뜩였다.

차가운 남극의 어느 지점을 향해 끝없이 이동 중인 어느 탐험가의 모습.

이렇게 더운 지방에 있음에도 바라보는 것만으로 손발이 꽁꽁 얼어붙을 것 같아, 민호는 고개를 크게 휘저어 추억을 쫓아 버렸다.

'극지 탐험가의 유품이라.'

따로 접혀 있던 종이는 아프리카 동부 지역을 확대한 부분 지도였다.

활용법은 간단했다.

손에 쥐고, 원하는 대상, 장소, 혹은 무언가를 떠올리면 그뿐. 다만 그것은 쥐고 있는 사람과 인연이 있는 것이어야 했다.

'서은하.'

민호는 나침반의 바늘이 팽그르르 회전하는 것을 보고 있다가 지도에 시선을 던졌다. 자신만 보이는 따뜻한 빛이 나침반에서 퍼져 나오더니 이내 지도 위에 머물렀다.

빛은 지도 속 등고선을 따라 경로를 그리며 탐험을 시작했다. 그리고 정지된 장소에 민호의 눈이 꼽혔다.

『추장님. 여기 이 지점. 어딘지 아시겠어요?』

민호가 지도를 펼치고 유심히 쳐다보고 있을 때부터 관심 있다는 듯 옆에 서 있던 싱가니아는 이 물음에 고개를 끄덕였다.

『마캄바 옆이군. 투치족에서 죄를 저지른 이를 가둬두는 지하 수용소가 있어. 그런데 여긴 어떻게 안 거지? 투치족 외에는 아무도 모르는 판시르 계곡의 거점을.』

『이곳에 인질이 있는 것 같습니다.』

『인질이? 흠, 가능성은 있어. 다른 군사 거점보다 방어가 용이하니.』

당장이라도 달려가고 싶은 마음. 그러나 자신의 역할은 여기까지다. 총을 들고 람보가 되어 저 계곡 속으로 뛰어들 것이 아닌 이상, 이제부터는 CIA, 혹은 특수부대의 전문가들에게 맡겨야 할 영역이 시작된다.

이 위치 첩보를 상황실의 황정명에게 전달부터 하라는 비숍의 의견이 이어져 민호는 속으로 고개를 끄덕였다.

"백승범 요원님."

"네, 민호 씨."

"여기 위도와 경도 확인해 주세요. 싱가니아 추장님께서 인질이 여기 있을 거라고 확신하시네요. 판시르 계곡의 거점인데, 지하 수용소가 있대요."

"진짭니까?"

눈이 휘둥그레진 백승범이 통신채널을 열어 보고를 시작

했다.

30분 후.

민호는 게스트 하우스 앞마당에 서서 짐이 잔뜩 실린 포터를 바라보았다.

각종 삽과 소형 도르래부터, 지질 측정을 위한 기계 장비가 가득 담긴 트럭은 싱가니아를 안전하게 도시에서 빠져나가게 해줄 위장막이었다.

아루샤 발굴지에 숱하게 드나드는 베로니카가 직접 운전해서 다레살람을 빠져나가는 루트는 다른 어떤 방법보다 안전해 보이는 계획이었다. 15년을 이곳에 살아오며 지역 경찰들과도 친분이 있는 그녀기에 싱가니아도 무사히 나갈 것이다.

간편한 복장을 갖춘 싱가니아가 식량이 든 가방을 포터 뒤에 올리고 등을 돌렸다. 민호는 시선이 마주친 그에게 마지막으로 당부했다.

『아루샤에 도착하신 다음, 트럭을 몰고 서쪽으로 가시면…….』

『길은 다 기억하고 있어. 그만하면 충분해.』

항상 무뚝뚝한 얼굴이었던 싱가니아가 옅은 웃음을 지었다가 민호에게 다가왔다.

『내 약속하지. 돌아가서 내부의 배신자를 찾아내면, 반드시 투치족이 납치한 인질을 안전히 이곳까지 보내 주겠어.』

『성공하시길 빌게요.』

그제와 어제, 최선을 다해 찾아낸 가능성의 가지 하나. 민호는 싱가니아가 성공하길 빌고 또 빌었다.

『M.』

싱가니아가 민호를 부르며 양손을 천천히 뻗어왔다. '왜요?' 하는 눈빛을 보내는 민호의 머리에 두 손을 올리고 "쉬카모"라고 중얼거린 그는 트럭 뒤에 훌쩍 뛰어올라 먼지에 뒤덮인 천으로 몸을 둘렀다.

'쉬카모?'

『당신을 공경하고 존경한다는 탄자니아식의 인사법이에요.』

베로니카가 민호의 옆으로 다가오며 설명을 이어나갔다.

『주로 어린 사람이 어른에게 하는. 투치족은 모르는 예절일 텐데, 신기하네요. 민호가 무척 고마웠나 봐요.』

'아…….'

싱가니아가 은신을 하는 것을 지켜보던 민호는 베로니카에게 물었다.

『교수님, 투치족을 잘 아세요?』

『내전만 아니면 꼭 만나고 싶은 부족이었어요. 오래된 일이겠지만, 전투민족으로 유명한 마사이족에게 '강철의 심장'이라고 칭송까지 받은 부족이거든요.』

민호는 그녀의 대답에 싱가니아가 심장을 가리키며 신앙이라고 했던 이야기가 떠올랐다.

『아루샤까지 추장님 잘 부탁해요, 교수님.』

『걱정하지 마세요. 윤환만큼은 아니지만, 나도 여기선 한가락 하는 여자니까.』

베로니카가 운전석에 올라타 민호를 향해 싱긋 웃어 보였다. 그 미소에 뭔지는 몰라도 그리움의 정서가 배어 있는 것 같아, 민호는 그녀가 아버지를 보고 싶어 한다는 사실을 어렴풋이 느낄 수 있었다.

『갔다 올게요.』

포터가 마당을 떠났다.

게스트 하우스의 입구에 서서 떠나는 차량에 시선을 두고 있던 백승범도 포터를 향해 손을 흔들어 보였다.

뒤에 짐이 가득 실려 사라지는 저 트럭은 한국에서도 익히 볼 수 있는 모델이었다. 그것이 아프리카 도심 한복판에 있다는 사실이 놀라웠으나, 다들 대수롭지 않게 여기고 있어서 그 역시도 아무렇지 않은 척 바라만 봤다.

삐빅.

—승범아. 상황 어때?

어제부터 시간이 날 때마다 통신을 해오는 황정명에게 백승범은 보고를 시작했다.

"싱가니아가 떠났습니다."

—아루샤 발굴지역을 주기적으로 왕래하는 고고학 교수의 차라고 했지?

"네."

—여기 감시 카메라로 확인 좀 하게 차량 정보 불러봐. 혹시 검문 심해지면, 대사님께 요청해서 우리 쪽 물건을 담았다고 얘기하면 되니까.

"그게 말입니다. 옆에 '대림 천막'이라고 쓰여 있는 포터입니다. 1톤 트럭 아시죠? 운전 면허시험장에서 1종 볼 때 쓰는 거. 보면 바로 아실 겁니다."

—너 뭐라고 했냐?

"대림 천막. 거기 짐칸에 싱가니아가 몸을 웅크리고……."

—농담 아니지?

"아닙니다."

실제로 떠나는 과정을 지켜본 백승범도 사실은 이런 설명을 한다는 것 자체가 말이 안 된다는 생각을 품고 있었다.

전 세계인이 주목하고 있는 사건. CIA와 반군이 비밀리에 쫓고 있기까지 한 요주의 인물이, 한국에서 천막사업을 하던 자영업자가 쓰다가 팔아버린 중고 포터에 탑승해 도주 중이다, 지금.

"……."

–승범아.

"네, 팀장님."

–아까 받은 위치 첩보, 우리 요원이 찾았다고 에릭 부국장에게 말했더니 처음에는 개무시했어. 그러다 내가 판시르 수용소 얘길 꺼냈더니 놀라더라고. 저쪽엔 극비로 알려진 거점이었나 봐. 이제 정밀 확인에 들어갔어. 무인기 이동 승인이 나면 1차 확인까지 3시간. 강민호에게 전달해 둬.

"알겠습니다."

황정명의 연락을 기다리는 시간.

이 연락은 오늘 찾아낸 두 번째 가능성이었다.

민호는 게스트 하우스에 앉아 휴대폰 속 사진을 바라보고 있었다. 서은하의 가장 최근 모습. 난민 캠프의 두 꼬마와 서 있는 그녀는 생글생글 눈으로 웃으며, 자신을 바라보고 있었다.

'괜찮은 거죠? 은하 씨 있는 곳에 CIA에서 작전이 들어갈 수 있어요. 그때 꼭 몸 숨기고, 영화에서 보던 델타포스나 네이비실 군인들 올 때까지 기다려요.'

들리지 않겠지만, 속으로 중얼거리던 민호는 손에 쥐고 있던 나침반의 바늘이 쉴 새 없이 핑그르 돌고 있는 모습을 보며 그녀가 저 어딘가에 살아 있음을 이렇게라도 감지할 수 있는 것에 감사했다.

나침반에서 뻗어 나간 빛이 한쪽을 가리켰다.

이 탐험가의 유품은 지도가 앞에 있다면 바로 그 지점을 알려주지만, 그냥 손에 쥐고 있으면 이렇게 방향을 가리키고, 돌아가는 세기로 그 거리를 가늠할 수 있게 해준다.

빠른 속도로 돌고 있는 바늘을 가만히 지켜보다 그녀가 까마득히 멀리 있게만 느껴져, 민호는 다른 사람을 떠올려 보았다.

'싱가니아 추장님은 무사히 도착하셨겠지?'

나침반의 빛이 방향을 바꿨다. 바늘은 더 천천히 돌았다.

'공 매니저님 완전 걱정하고 있을 거야. 이설이가 작곡한 겨울 음반도 나왔을 텐데. 소라는 하와이에서 살아 돌아왔을까? 미국 종주 팀은 잘 귀국했겠지…….'

한국에 있는 친구들을 하나하나 떠올리자 눈에 보이지 않을 정도로 팽팽 도는 바늘. 민호는 그렇게 몇 차례 다른 이들을 떠올려 보았으나 결국 서은하 생각밖에는 나지 않아 포기했다.

'무사히 돌아오기만 하면 당당히 드러내놓고 사귈 거야.

아니, 바로 결혼해서 보란 듯이 지내는 거지. 떨어질 인기는 상관없어. 은하 씨 똑 닮은 아이도 낳고. 아니야, 이렇게 젊은데 아이는 천천히…….'

그렇게 답답한 마음을 달래기 위해 공상을 하던 민호는 나침반을 보다가 순간 멈칫했다.

'어? 이게 왜?'

서은하의 얼굴을 떠올리면 나침반이 돈다. 그리고 다른 생각을 하면 멈춘다. 그러다 아이를 생각하면.

팽그르.

이건 왜 도는 걸까?

'내…… 아이?'

나침반에서 뻗어 나온 빛이 방금 서은하가 있는 방향을 가리켰다. 그리고 서은하가 떨어져 있는 거리와 똑같은 수준으로 바늘이 돌기 시작했다.

「부룬디, 마캄바」-판시르 수용소.

서은하는 철창 밖으로 시선을 던졌다가 소총을 어깨에 걸고 있는 순찰자가 복도 저편으로 사라지는 것을 확인하고, 안쪽에 속삭였다.

『갔어요.』

이 말이 끝난 직후, 레아 테일러가 가슴 사이에 숨겨두고 있던 손바닥만 한 크기의 천 뭉치를 꺼냈다.

내려놓은 천 뭉치를 조심스럽게 벗겨 안쪽에 조각이 나 있는 휴대폰을 꺼낸 레아는 서은하를 향해 물었다.

『은하. 정말 이걸로 연락이 가능해? 완전히 조각났잖아.』

『통신 칩하고 선불로 구매한 이 심카드. 이것만 살아 있으면 나머지는 회로의 작동 문제일 뿐이에요. 순찰하는 사람이 휴대폰 사용하는 걸 본 이상, 고치기만 하면 여기서 사용할 수 있다고 확신해요.』

부서진 휴대폰을 유심히 살피며 조립을 시도해 보는 서은하. 레아는 그녀를 가만히 지켜보았다. 한국에서 왔다는 스물두 살의 착해빠진 아가씨. 분명 5일 전까지는 그렇게만 생각했었다.

『배터리 닿는 부분이 문제인데, 이건 필요 없는 디스플레이 장치 회선을 따다가 이으면 될 것 같아요.』

『나는 봐도 잘 모르겠어.』

『사실은 저도 잘 몰라요.』

『모르는데 어떻게 그걸 조립하고 있어?』

『그러게요.』

진흙이 군데군데 묻어 있는 얼굴로 서은하가 픽 웃어 보였다. 남자도 버티기 힘든 수용 생활에 힘들 것이 분명할 텐데 내색조차 않고 있는 그녀의 모습에 레아는 마음의 의지가 되는 것을 느꼈다.

아무런 희망도 없이 갇혀 있길 5일째.

레아가 이 공포의 감옥에서 온전히 버틸 수 있었던 것은 연약하게만 보았던 아가씨가 보여주고 있는 저 미소 때문이라고 해야 할 것이다.

『은하는 정치외교학과가 아니라 기계공학과를 전공한 거야?』

『그런 건 아닌데요, 레아.』

서은하는 이곳에 들어오면서 마주쳤던, 은은하게 빛이 나던 감옥 내벽에 시선을 던졌다. 신기해서 손을 대자마자 빛이 사라지긴 했으나, 분명하게 보았다.

문제는 빛뿐만이 아니었다.

갑작스럽게 머릿속에 잔뜩 떠오른, 전에 배우지 않았던 전문지식들이 그녀를 무척 당혹스럽게 했다.

'이유는 모르겠지만, 내가 미친 건 아니야.'

며칠이 흐른 지금은 벽에 손을 댈 때마다 새로운 지식이 자꾸만 떠오르는 것에 일단은 적응한 상태였다. 그리고 이 벽의 정체도 어느 정도 알게 됐다.

내벽 너머에 있는 장소는 통신시설이었다. 이곳은 감옥이기 이전에 통신 시설이 잔뜩 세워졌던 전쟁용 벙커였고.

서은하는 휴대폰의 튀어나온 회로를 손끝으로 억지로 누르다 따끔한 아픔에 짧은 신음을 흘렸다.

『어머, 피 나네.』

『괜찮아요. 방금 집어넣은 것이 안테나인데, 부러지지 않았어요.』

손끝을 입에 문 서은하가 밝게 웃어 보였다. 레아는 억지로 웃는 서은하가 안쓰러워 보여 그녀의 손을 꽉 붙잡아 주었다.

『은하는 보기보다 강한 거 같아.』

『저만 힘든 게 아니잖아요. 그래도 풀려난 분들. 무사히 도착했겠죠?』

그동안의 일을 떠올린 레아가 작게 어깨를 떨었다.

난민 캠프장에 난입한 무장괴한에게 붙들려 감옥에 갇히고 3일.

갑작스러운 인질 석방. 나이가 많아 버티지 못할 것 같은 세 사람을 먼저 보내 달라고 사정하자, 납치범들은 요구를 들어주었다. 다만 그것을 가장 앞에서 주장하던 영국의 배우, 니콜라스는 괜히 설치지 말라는 경고의 뜻으로 구타를 당해 옆방에서 끙끙 앓고 있는 상태.

레아는 자신을 위로하듯 바라보고 있는 서은하를 보며 두

려움을 떨쳐냈다.

『레아.』

『응?』

『몸값을 지급하면 저희 다 돌아갈 수 있을까요?』

『아마도. 그리고 미국 파워 무시하지 마. 방법을 찾을 거야. 나 CIA 요원들과 일도 해봤다고.』

『믿어요, 저는.』

서은하는 한낮의 햇살조차 겨우 한 뼘밖에 들어오지 않는 방구석의 작은 창문에 시선을 던졌다.

애타게 보고 싶은 민호, 왠지 미안하기만 한 아빠, 엄마. 눈물이 나려 하자 서은하는 꾹 참았다. 그리고 안쪽의 외벽에 손을 올렸다.

멈칫하는 순간, 서은하가 몰랐던 통신에 관한 지식이 머릿속을 마구 헤집었다. 하늘이 돕고 있을 거란 생각이 든 것은 이 때문이었다.

희망의 끈은 반드시 있을 거라고, 그녀는 속으로 끊임없이 되뇌었다.

「탄자니아, 다레살람」-CIA 전략정보 작전 거점.

통신 시스템과 음향 영상 장비가 가득 들어 있는 호텔 방 안. 반원 형태로 배열한 의자에 어깨가 맞닿을 정도로 빽빽하게 앉아 있는 8인의 요원은 탄자니아와 부룬디 사이에 오가는 모든 단서를 추적, 분석하는 활동을 하는 중이었다.

입국하자마자 바로 투입된 감청요원 데이빗은 그 틈에서 신음을 흘렸다.

『숨을 못 쉬겠어. 여긴 에어컨 틀 전력도 없어?』

『괜한 전력 끌어다 쓰면 위성 통신망이 정지돼. 이곳은 취리히처럼 인프라가 완벽한 동네가 아니야.』

『열악하네.』

데이빗이 땀을 뻘뻘 흘리며 진한 안타까움을 표시하자 동료가 피식 웃었다.

『네가 좋은 곳에서 작전했던 거야. 어서 적응해 둬.』

『전기 설비만 좋았지. 내 거점은 호텔 뒷방이 아니라 역 안의 냄새 나는 음식 창고였다고.』

투덜거리는 데이빗에 동료는 고개를 저었다.

『그래도 네 담당 요원은 블레이크잖아.』

『블레이크가 왜?』

『미녀! 그것도 몸매 끝내주는. 서포트할 때 속옷 갈아입는 화면 도청했어, 안 했어?』

이런 찜통더위가 익숙한지 농담을 던지는 동료를 한차례 바라본 데이빗은 마구 흘러내리는 땀을 닦아내며 다운로드가 끝난 잔지바르 지역 CCTV 영상에 시선을 집중했다.

탄자니아 거점의 열악함은 열악함이고, 지금은 '레아 테일러'의 생환을 위해 전력을 다해도 모자랄 때였다. 이번 사태는 동유럽에서 작전 중인 CIA 자원까지 끌어다 쓸 만큼 심각했으니까.

'임무부터 완수해 볼까?'

데이빗은 그가 조작하는 화면에 싱가니아의 얼굴을 띄웠다. 1개월 전, 감옥에서 촬영된 모습. 여기서 수염과 얼굴을 지우고 골격만 따로 추출해 안면인식 프로그램에 입력했다.

CCTV 영상 속 얼굴과 비교하며 빠르게 스캐닝을 시작하는 모니터 화면. 얼굴이 멈출 때마다 데이빗은 싱가니아와 비슷한지를 분석하기 시작했다.

삐빅.

–데이빗.

그러는 사이, 야외 정찰 중인 블레이크에게서 연락이 왔다.

『어, 블레이크.』

이 대답에 옆자리의 동료가 고개를 돌리고 휘파람을 불었다. 데이빗은 그만 하라는 듯 동료를 쏘아본 뒤에 블레이크에게 말했다.

『찾은 거 있어?』

–다레살람 선착장 쪽에서 주인이 없는 요트 하나를 발견

했어요. 업로드해 줄게요.

해변에 방치되어 있는 요트 사진이 화면에 떴다. 데이빗은 요트의 일련번호를 그대로 정보 서버에 올렸다.

잔지바르 요트 대여회사 소유의 배.

『오늘 아침 도난 신고가 들어왔네. 다른 흔적은 없어?』

−깨끗해요. 잔지바르에서 이곳까지. 싱가니아가 이 루트로 움직였을 가능성이 있나요?

『일단 탈출 경로를 가정해서 CCTV 영상 확보해…….』

안면인식 스캐닝 중이던 모니터가 일시 정지했다. 그것을 살펴보고 있던 데이빗의 말이 멈췄다.

해상도가 낮은 희미한 영상 속 모자를 푹 눌러쓰고 있는 흑인. 싱가니아라고 판별할 수 없어 얼핏 그냥 넘어가도 무방할 영상이었으나, 그 옆으로 카메라와 좀 더 가까이 서 있는 동양인이 시선을 사로잡았다.

저 얼굴 형태는 데이빗도 익히 알고 있는 한 사람이었다.

『……오, 이런.』

−왜요, 데이빗?

『미스터 M이야.』

−뭐라고요?

소식을 듣자마자 달려온 밀스가 거점의 방문을 벌컥 열

었다.

『데이빗!』

『여깁니다.』

구석의 탁자에 앉아 있는 데이빗에게 다가선 밀스가 황급히 물었다.

『미스터 M? 비숍과 함께 일한다는 그?』

『일단 보세요.』

데이빗이 CCTV 영상에서 확대한 사진을 모니터에 띄웠다.

검은 모자를 눌러쓰고 있는 동양인은 확실히 마카오에서 마주쳤던 그 인물이었다. 밀스는 어제의 '배달'작전 시작 즈음에 헛것을 본 것이 아니었다는 사실에 신음을 삼켜야 했다.

『이자, 다국적 용병이라고 하지 않았어? 왜 싱가니아를 돕는 거야? 대체 뭘 노리고?』

밀스의 질문에 답을 해줄 수 있는 분석 요원은 이 자리에 없었다. 차라리 반군을 돕는 것이라면 적인지 아군인지 확실한 판단이라도 내리겠지만, 싱가니아는 현재 모두에게 쫓기는 입장. 밀스는 생각하면 할수록 헛웃음이 나왔다.

『이곳 이후의 위치 추적은?』

『여기서 종적이 끊겼습니다. 하지만 최근에 입국하지 않았을까 공항 쪽 자료를 뒤져 봤습니다.』

데이빗은 이틀 전 공항 내부에 찍힌 CCTV를 찾아 화면에 띄웠다. 미스터 M의 선명한 얼굴이 드러나 있는 화면에 이어, 그가 공항 밖으로 나가는 모습이 흘러나왔다.

『신원은 마카오 때와 마찬가지로 한국의 여권을 사용. 차량 렌트 기록과 약국의 CCTV를 입수. 입국한 그날 밤 다레살람 동쪽 도로에 한차례 모습을 드러낸 것을 파악했습니다. 민가 밀집지역 어딘가에 그의 은신처가 있을 것이란 판단에 현재는 블레이크만 따로 조사를 위해 이동 중입니다.』

『감시자원 다 동원해서 확실히 찾아내.』

『작전 팀장님. 저는 싱가니아를 추적해야…….』

더 윗급의 직책으로부터 부여받은 임무를 언급하는 데이빗에 밀스가 고개를 흔들었다.

『부국장님께는 내가 바로 보고 드리겠어. 어제 내내 우릴 가지고 놀았던 건 싱가니아가 아니라 이자라고. 그렇다면 누굴 쫓아야 할지 우선순위는 뻔한 거 아니야?』

「부룬디, 마캄바」-판시르 수용소.

밤이 찾아오자 수용소 지하에 칠흑 같은 어둠이 스며들었다.

안에 갇혀 있던 인질 모두 아무것도 보이지 않는 공포에

서로의 손을 잡고 밤을 버티기 위한 준비에 들어간 순간. 덜커덩, 하고 수용시설의 철문이 일제히 열렸다.

소총을 손에 쥔 흑인 병사가 복도에서 외쳤다.

『천천히 걸어 나와! 조금이라도 허튼짓을 하려 들면 몸에 구멍이 날 것을 고려해야 할 거야.』

서은하는 벽에 기대어 눈을 감고 있다가 이 소리에 흠칫했다. 이건 옆에 앉아 있던 레아도 마찬가지.

『무슨 일일까요?』

『또 인질을 풀어주고 뭘 얻어 내려는 거 아닐까?』

복도의 전등불이 밝아졌다.

"Hurry up!"

밖의 거센 외침에 레아가 자리에서 일어났다. 그녀는 가슴 아래 숨겨둔 휴대폰 뭉치를 단단히 점검한 뒤에 서은하에게 손을 내밀었다.

『이번에 누군가를 교환해야 하면, 은하가 꼭 나가.』

『레아는요?』

『은하도 알잖아. 여기 내 팬이 한둘이야? 나는 절대 안 보내 줄 거야. 그러니 먼저 나가면 화장품이나 보내줘.』

억지로 우스갯소리를 해 자신의 기운을 북돋아 주려는 레아를 보며 힘을 얻고 일어섰다.

복도로 걸어 나가자 옆방에 갇혀 있던 배우들의 얼굴도 보였다. 프랑스 배우 멜빌 카네, 중국 배우 덩차오, 그리고 얼굴 전체가 부어 있는 니콜라스까지.

서로 간에 괜찮으냐는 안부의 눈빛을 주고받는 동안, 흑인 병사가 앞을 가리켰다.

『이동해!』

무장한 흑인들 다섯에 의해 끌려간 곳은 수용소 바로 위층의 한 방이었다. 통신 장비가 가득 있는 공간 한가운데, 베레모를 쓰고 있는 흑인이 들어선 인질들을 반갑게 맞이했다.

『어서 오시오. 저녁은 다들 맛있게 들었는지 모르겠군.』

이마에서 왼쪽 턱 끝까지 흉물스럽게 그어진 흉터를 지닌 사십 초반의 흑인은 인질 다섯을 한쪽에 서도록 지시하고 무전기를 손에 쥐었다. 뒤이어 송신 버튼을 누른 채 입을 열었다.

『지금부터 30초간 생사 확인을 해줄 테니 잘 들어.』

흉터 사내가 니콜라스의 앞으로 걸어왔다. 무전기를 니콜라스의 입 가까이 들이댄 채로 물었다.

『괜히 나서서 얻어맞은 곳은 어때? 아픈가?』

『그걸 말이라고…….』

이를 가는 니콜라스의 어깨를 툭툭 쳐준 흉터 사내가 바로 옆으로 이동해 멜빌에게 무전기를 댔다.

『당신 조국에 한 말씀 해주겠어? 살아 있는 것이 확인돼야 우리가 원하는 걸 해준다네.』

『프랑스 관계자는 내 말 잘 들으시오. 내 목숨을 갖고 벌이는 협상은 용납하지…….』

『용감해, 용감해. 중국 배우. 당신 생각도 똑같나? 같다면 저쪽 특수부대가 우리 구역에 들어오는 순간 이 프랑스의 용감한 시민과 함께 목을 매달아 주지. 명예로운 죽음 어때?』

『나, 나는…….』

벌벌 떠는 덩차오의 옆을 지나친 흉터 사내는 이 중에서 가장 가치가 크다 할 수 있는 레아를 바라보았다.

『당신을 찾는 팬들에게 한마디 해주겠어?』

레아는 입을 꾹 다문 채로 흉터 사내를 쏘아보았다.

『싫어?』

재차 묻는데도 묵묵부답인 레아. 흉터 사내는 가볍게 웃더니 그대로 왼쪽 손을 휘둘렀다. 짜악, 하는 소리와 함께 레아가 바닥을 뒹굴었다. 끝에 서 있던 서은하는 그 모습에 움찔 놀라 입을 가리고 튀어나오는 비명을 참았다.

'으으' 하고 고통에 신음을 흘리는 레아의 입에 무전기를 들이댄 흉터 사내가 말했다.

『들리지? 레아가 아파하는군. 이건 내 탓이 아니야. 협조하지 않은 그녀의 잘못. 나는 참 평화로운 군인인데 말이야.』

흉터 사내가 마지막 차례인 서은하에게 고개를 돌렸다. 레아에게 갑자기 폭력을 행사한 이 순간조차 미리 의도한 사태라는 듯 차갑게 가라앉은 눈길을 보내는 그.

서은하는 손끝이 바들바들 떨려왔다. 그리고 그 와중에 떠오르는 생각에 혼란을 느꼈다.

며칠 동안 그녀도 몰랐던 통신과 관련된 군사지식을 공부한 까닭에, 이곳에 있는 기계 전부 근거리 이동 통신망 구축에 사용되는 장비임은 파악했다. 저 무전기에서 신호를 보내면, 밀림 곳곳에 자리 잡은 이동 중계기를 경유해 협상의 상대가 있는 지역까지 전달된다.

통신 감청으로 이곳 위치를 단기간에 파악한다는 것은 불가능하다는 말.

'나, 어째서 이렇게까지 잘 아는 거야?'

서은하는 놀라움에 연속인 이 상황 속에서 당장 눈앞으로 다가온 위기부터 직시했다.

『그쪽도 안부를 전하기 싫은가?』

흉터 사내가 멍하니 서 있는 서은하에게 무전기를 들이밀었다. 바닥에서 비틀거리며 일어난 레아가 서은하를 보며 그러지 말라고 고개를 흔들었다.

『저, 저는 서은하입니다.』

떨리는 목소리로 서은하까지 통신을 마치자 흉터 사내가 부하들에게 데리고 가라고 손짓해 보였다.

『확인은 끝났으니 본격적으로 협상해 볼까? 다음 교환은 그쪽에서 이리로 와줘야겠어. 석방 과정에는 반드시 인권구호 단체의 중재가 동원될 것…….』

방 밖으로 나온 서은하는 전문가들도 추적할 수 없는 통신 장비들을 목격하고 나자 의문이 한가득 피어올랐다.

전부 새것이었다. 그건 이곳에서 목격한 군인들의 무장도 마찬가지였다. 난민캠프를 지나다 보았던 UN군 소속의 군인조차 낡아 보이는 장비를 지니고 있었던 것에 비하면 차이는 더 극명했다.

봉사활동 기간에 소문으로만 들었던 부룬디의 반군은 혁명군의 핍박에 사정이 어렵다고 했다. 반군과 뜻을 함께하고 싶어도 배가 고파 어쩔 수 없이 국경선을 넘었다는 사람들도 있었다.

'디크랑 니아의 아버지도 그랬어.'

반군의 지도자로 보이는 흉터 사내가 하나부터 열까지 철저히 계획하고 자신들을 납치했다는 것. 그 목표가 단순히 인질의 몸값을 노리는 것은 아닐 것이란 추측에 다다르자, 서은하는 이런 생각을 하고 있다는 사실 자체가 막연히 두려워졌다.

『레아, 괜찮아요?』

수용소의 방 안에 다시 갇힌 서은하는 뺨이 붉게 달아올라 있는 레아를 보며 걱정스럽다는 듯 다가섰다.

『가차 없이 때리네, 그 인간.』

레아는 아픔에 얼굴을 찡그리면서도 엷은 눈웃음을 지었다. 복도 밖으로 순찰자가 사라지는 것을 흘끔 확인한 그녀가 갑자기 자신의 상의 속으로 손을 넣었다.

서은하가 고개를 흔들었다.

『곧 복도 불이 꺼져서 휴대폰 작업은 못 해요.』

『그건 이쪽 가슴 밑에 있고.』

레아가 내민 건 손바닥만 한 무전기였다.

『망가져서 버렸는지 바닥에 이런 게 굴러다니더라고. 가슴 큰 게 이럴 때는 좋아. 양쪽에 하나씩 숨길 수 있잖아.』

서은하는 놀란 표정이 됐다. 레아가 서은하에게 물었다.

『이거면 휴대폰 고치는 작업에 속도가 붙지 않겠어?』

복도의 문이 닫히는 소리가 들려왔다. 소등이 시작되기 직전, 서은하는 재빨리 내벽에 손을 댔다. 그리고 소형 무전기를 살펴보았다.

송수신 스피커의 전선 단절. 안테나도 뽑혀 있다. 흔들어 보니 안쪽에서 달그락거리는 소리가 들리는 것이, 내부 부품도 몇 군데 파손된 모양.

『건질 만한 게 거의…….』

달칵하고 무전기를 열어본 서은하가 갑자기 감탄을 터뜨렸다.

『레아, 휴대폰 뭉치 좀 줘 보세요.』

라고 얘기하며 레아의 풍만한 왼쪽 가슴에 손을 뻗던 서은하는 뭔가 야릇한 동작인 것 같아 얼른 팔을 내렸다.

『자.』

레아가 건넨 종이 뭉치를 열어 부서진 휴대폰을 꺼낸 서은하는 무전기에서 통신 모듈을 분리해 내려놓았다. 전원 부분 구조가 휴대폰과 거의 흡사했기에 기존의 모듈을 과감히 제거해 버렸다.

무전기에 남아 있던 전원부의 구리 전선을 손톱으로 긁어서 빼냈다. 손톱 끝이 날카로운 쇳조각에 찔려 피가 맺혔음에도 서은하의 작업은 계속됐다. 휴대폰 배터리를 손에 들고 통신 모듈의 쇳조각을 더듬더듬, 손톱으로 들어 올려 적당한 틀을 만들고 결합했다.

접착제가 없어 손으로 꾹 누른 채 심카드를 꼽았다. 전원 버튼을 누르자 휴대폰이 위잉 하고 작게 진동했다.

『어머, 되는 거야?』

레아는 기대가 가득 담긴 얼굴로 서은하가 꾹 쥐고 있는 휴대폰을 바라보았다. '띵띵 띠딩띵' 하는 서은하에게 익숙한 통신사의 로고음이 울리고, 휴대폰의 부팅이 끝났다.

『자, 작동됐어요.』

『정말?』

휴대폰의 디스플레이는 망가져서 나오지 않았지만, 버튼부에 빛이 들어와 있었다. 서은하는 이 휴대폰의 배터리가 얼마나 오래갈지는 몰라도 기회는 지금밖에 없다는 생각에 전화번호를 떠올려 보았다. 그러나 이 지역에서 걸 수 있는 번호는 생각나는 것이 거의 없었다.

달칵.

그사이 복도의 등이 소등되어 수용소 전체에 어둠이 찾아왔다. 암흑 속에서 서은하가 레아를 향해 물었다.

『미국 대사관 번호 알아요?』

『전혀.』

『저도 한국 대사관 번호는 기억 못 해요.』

『나는 그걸로 걸 수 있는 전화 중에 아는 게 아무것도 없어. 매니저가 걸어서 매번 나한테 줬으니까. 긴급번호 911. 그런 거라도 눌러봐.』

동아프리카 밀림 한복판에서 미국의 구조대원에게 바로 연락이 갈 리가 없음을 알기에, 서은하는 결심을 굳히고 유일하게 외우고 있던 번호를 눌렀다.

「탄자니아, 다레살람」—연합대학 주거 지역.

"아버지. 들리세요?"

—그래. 받은 물건으로 피랍 인원 위치는 알려 줬어?

"전했어요. 마캄바 지역에 특수정찰을 시도해서 수색이 끝나면 필요한 작전을 세울 거라고 얘기도 들었고요."

—직접 구출을 시도할지도 모른다는 소리군. 네가 보고하는 채널에 필요하다면 자금 지원해 줄 테니까 한국의 인질 몸값으로 얼마를 부르던 승낙하겠다고 전해 둬.

"아버지 돈으로요?"

—놀랄 거 없다. 네가 받을 유산 다 날아가는 거니까.

"돈이야 벌면 되니까요."

민호는 선불 휴대폰에 귀를 기울인 채 왼손에 쥐고 있던 나침반에 시선을 던졌다. 생각할수록 당황스러운 이 상황을 윤환에게 어찌 말해야 할지 고민하는데, 전화 너머에서 불쑥 질문이 들어왔다.

—민호 너 아까부터 왜 그렇게 안절부절못해?

자신의 기분은 매번 귀신같이 알아채는 아버지다. 민호는 게스트 하우스 창밖으로 시선을 던졌다. 어둠이 내리깔리고 있는 거리. 오늘은 내내 이 집에 틀어박혀 가슴을 졸이며 일이 해결되길 기다리기만 했다.

"은하 씨가 제 아이를 가진 것 같아요. 나침반이 아이를 생각하면 핑핑 도네요."

—아이?

갑작스런 고백에 윤환도 당황했는지 아무런 말을 잇지 않았다.

—……너 인석아. 성교육 시간에 피임 방법 못 들었어?

"서로 그런 생각을 못 할 정도로 빠져 있었어요."

—후…….

한숨 소리가 이어진 뒤, 윤환의 한층 심각해진 목소리가 들려왔다.

—그 은하라는 아가씨, 지금 무척 당황했을지도 모르겠구나.

"이제 3~4주 됐을 텐데, 임신 사실을 알까요?"

—그게 문제가 아니야.

"그러면요?"

—너에게 집안에 대한 능력에 대해 처음 얘기를 꺼냈을 때, 어째서 내가 다른 말은 덧붙이지 않은 건지 알아?

"귀찮아서?"

—멍청하긴. 그건 네가 엄마의 배 속에 있을 때, 일시적으로 네 능력을 사용할 수 있었던 그녀에게 착실히 수업을 받았기 때문이야.

민호는 이 말에 눈이 커졌다.

"어, 어머니께요? 제가요?"

–너와 이어져 있었으니까. 남의 지식을 내 것처럼 활용하는 건 간단한 일이 아니야. 어린 나이일수록 훨씬 위험해. 자아까지 흔들릴 수 있지. 적어도 멍청한 판단은 하지 않을 나이. 네 엄마는 그걸 스물셋, 넷 정도로 생각해 두었던 거였고, 네 능력은 딱 그때 각성했어. 교육의 효과지.

윤환은 이런 심각한 얘기를 이렇게 급작스럽게, 그것도 아들이 지구 반대편에 있는 상황에서 하게 되리라곤 생각지 못했다고 한탄한 뒤에 말을 이었다.

–처음에는 많이 놀랐지만, 시행착오를 하나하나 해결하고 즐거워하더구나. 그렇게 그녀가 10개월 동안 애장품을 활용했던 방식은 나와는 전혀 달랐다. 유품과 쓸데없이 대화를 나누고 좋아했지.

"아…… 아버지는 안 그러세요?"

–죽은 사람이랑 끔찍하게 뭐 하러 얘기해? 그것도 생판 모르는 남이랑. 아무튼, 그녀의 고생과 경험이 네 무의식에 각인되어 지금의 네가 있는 거다. 적어도 가문의 능력을 어떻게 사용해야 하는지에 대한 최선의 방법에 대해서는, 그녀의 의지가 네 속에 고스란히 남아 있을 게다.

민호는 은은한 빛이 어려 있던 애장품에 처음 손을 댔을 때를 떠올려 보았다.

사용하는 것 자체는 정말 간단했다. 누가 알려주지 않아도 익숙하게 애장품을 활용할 수 있었던 것이 바로 어머니 때문임을 알게 되자, 민호는 자신의 손을 새삼스럽다는 듯 바라볼 수밖에 없었다.

'이 손에 어머니의 의지가 담겨 있다고요?'

유품에 물어봤을 때와는 달리 대답은 들을 수 없었다. 3살 이전의 기억이 갑자기 생각날 리 만무하건만, 어머니가 그리워져 가슴이 뭉클해지는 민호였다.

"아버지, 어머니가 혹시 이것 때문에 일찍 돌아가셨어요?"

—원래 몸이 약했어. 그래도 널 갖고 싶어 했고. 무리해서 널 낳긴 했지만, 3년간 무척 행복해했지.

"어머니 사진은 왜 그동안……."

—나만 볼 것도 부족해.

"네?"

—너 태어나고 3년 동안 찬밥 신세였어. 내가 살아 있는 동안은 네 엄마가 아니라 내 아내로만 있게 냅둬. 제사를 지내도 나 죽은 다음 지내. 그 용도 사진 하나는 주마.

반쯤은 농담이 섞여든, 이기적이지만 이해가 가는 이유였다. 그렇게 가문과 아이에 얽힌 윤환의 이야기가 끝나고, 민호는 하나의 결론에 도달했다.

"이 얘기를 당장 은하 씨에게 전해야겠어요. 위치를 알고 있으니까 저 혼자서라도 이곳에 침투해서……."

—침착하게 굴어. 이런 사건에 흥분해서 달려들면 그 아가씨에게 아무 도움이 안 돼.

지이잉.

민호는 탁자 위에 올려 두었던 그의 본래 휴대폰이 울리는 것에 물끄러미 시선을 돌렸다. 인터넷을 확인하는 용도로 로밍만 해둔 폰. 한국에서 오는 연락은 모두 받지 않고 있기에 이번에도 무시하려고 했으나, 저장해 둔 이름을 보고 그럴 수가 없었다.

'어떻게?'

'레아에게 빌린 전화'라고 등록한 번호로 지금 신호가 들어오는 중이었다.

"아버지, 일단 끊어요!"

민호는 선불 휴대폰을 내려놓고 한국의 스마트폰을 손에 쥐었다. 떨리는 손끝으로 통화 버튼을 누르고 귀에 댔다.

"으…… 은하 씨?"

—민호 씨! 민호 씨 맞아요?

"맞아요, 저."

—민호 씨…….

나직이 자신의 이름을 부르는 서은하. 수화기 너머에서 들려오는 이 그리운 목소리에는 평소의 따뜻하고 밝은 기색은 전혀 없었다. 그동안 그녀가 겪어왔을 두려움과 아픔이 그대로 담겨 있는 듯했기에 민호는 걱정에 휩싸였다.

ㅡ걱정 많이 했죠? 저는 무사히 있어요.

그녀의 음성이 이어져 민호는 퍼뜩 정신을 차렸다.

"이 휴대폰 부서진 거 아니었어요?"

ㅡ맞아요. 설명이 복잡한데, 벽이 빛났다가 그걸 만지니까 이런 통신기계를 잘 다룰 수 있게 됐어요. 레아랑 같이 이걸 고치려고 며칠 동안 막…… 아, 나 미쳤나 봐. 민호 씨가 이해 못 할 텐데.

횡설수설하는 것 같은 서은하의 말에 민호는 멈칫했다. 그녀는 애장공간의 힘을 빌려 이 전화를 걸었다고 말을 하고 있었다.

'아무것도 몰랐을 텐데.'

ㅡ진짜 많이 놀랐겠지만, 민호 씨. 지금 급히 연락해야 할 곳이 있어요. 탄자니아 미국 대사관이나 한국 대사관. 그곳 번호가 필요해요. 이 휴대폰이 언제까지 통화될지 몰라서 당장 제가 알고 있는 정보를 말해야 해요. 정확한 위치는 모르지만, 국경에서 차 타고 이곳까지 온 시간이랑…….

"여기 다레살람이에요. 저, 은하 씨 찾으러 이곳에 와 있어요."

ㅡ뭐라고요?

한국에서 미국. 미국에서 탄자니아까지. 아득히 멀게만 느껴졌던 전화의 거리감이 한층 가깝다는 것을 깨달은 서은하는 한동안 말을 잇지 못했다.

—저 때문에 아프리카에 왔어요?

"네."

민호는 끓어오르는 가슴을 내리누르며, 최대한 침착하게 말을 꺼냈다.

"은하 씨. 지금부터 내 말 잘 들어요. 대사관을 통해 전달하고 싶었던 말, 모두 내게 이야기해요."

서은하는 그동안 그녀가 겪은 일과 알게 된 정보를 말하기 시작했다. 민호는 비숍의 손거울을 손에 쥐고 실시간으로 정보를 분석하며 들었다.

지휘관으로 보이는 흉터 사내가 무전을 하는 방식. 이건 밀림 각지에 분산된 투치족 부대조직을 운영하기 위한 정교한 지휘통신망이었다.

새로운 장비, 보급.

민호는 싱가니아를 밀어내고 투치족을 손아귀에 넣은 사령관의 수완이 예상보다 뛰어나다는 것에 포인트를 맞추고 비숍과 함께 고민해 보았다. 이 사태로 가장 이득을 볼 수 있는 집단. 사령관 혼자는 몰라도 반군 전체는 결코 최종 승자는 될 수 없다. 인질을 모두 석방하면 국제사회의 손가락질을 받을 테니.

'알겠어요, 비숍. 저쪽 사령관에 대한 정보가 턱없이 부족하다 이거죠? 며칠 전에 잡혀 들어간 싱가니아 추장님의 부하들은 어느 정도 알고 있지 않을까요?'

뚜뚜.

제삼자의 관여에 대해 분석, 추론해 보는 동안 수화기 너머에서 배터리 부족을 알리는 신호음이 들려왔다.

—민호 씨. 제가 아는 건 모두 얘기했어요. 이제 1분 정도 통화할 수 있을 것 같은데…….

"은하 씨."

수없이 많은, 그녀에게 해주고 싶은 말이 목까지 차올랐다. 그러나 지금은 그녀를 안정시키는 것이 우선. 그래야 그녀도, 그녀의 배 속에 있을 아이도 무사히 돌아올 확률이 높아진다.

"위험할 것 같으면 피하고, 다칠 것 같으면 도망쳐요. 호신술 같은 거 쓸 생각 말고. 그러면 내가 반드시 은하 씨 앞에 나타날 테니까."

—민호 씨가요? 여기 총을 든 사람 천지예요.

"은하 씨, 저 믿죠? 못하는 거 없는 남자라는 거."

민호는 당장은 볼 수 없어도 서은하가 고개를 아래위로 끄덕거리고 있을 거라고 생각했다.

"은하 씨 만나러 금방 갈 겁니다. 겁먹지 말고, 무서워도 조금만 참아요."

—……보고 ……싶어요 ……민호 씨.

지지직거리는 소리와 함께 서은하의 음성이 점점 희미해졌다.

"금방 갈게요. 가서 은하 씨가 보고 싶어 하는 이 얼굴 실컷 구경하게 해줄게요. 혹시 레아 옆에 있어요?"

훌쩍거리는 듯한 소리 이후, 서은하가 '있어요' 하고 대답했다.

"술 먹자고 그러면 절대 피해요."

—……민호 씨도 차암…….

이내 서은하의 목소리가 완전히 끊겼다. 민호는 주먹을 으스러지게 쥐었다가 풀었다.

더 나은, 확실한 방법이 있다면 찾아야 한다.

저쪽의 사령관은 장기 협상까지 염두에 두고 인질들에게 안정적인 식사를 공급 중이었다. 위치를 확실히 알고 있는 이상, 이대로 가면 미국 주도의 대책위원회가 택할 방법은 하나로 귀결되고 만다.

겉으로는 협상에 임하는 듯 심리기만책을 선보이다 물밑으로 인질구출작전을 택하는 대테러 기본전술.

비숍의 분석이 특수부대를 동원한 강제적인 인질구출은 위험하다고 전해왔다. 상대는 밀림에 사는 단순한 게릴라 민병대가 아니니까.

'어쩌죠?'

화장실에 갔다가 막 돌아온 백승범은 게스트 하우스의 문을 열자마자 민호가 나갈 채비를 끝내고 앉아 있는 것에 놀라서 물었다.

"밤이 늦었는데 어딜 가시게요?"

"요원님. 그저께 CIA에 넘겨준 준 흑인 병사 두 사람. 어디로 어떻게 인도해 줬어요?"

"CIA 요원을 따라 무슨 호텔로 가긴 했는데……."

백승범은 이렇게 대답하다 그러면 그렇지 하는 눈길이 되어 물었다.

"이제 실토하시네. 그 사람들 강민호 씨가 제압한 거 맞죠?"

"네."

"개들이 반군이 아니라는 쪽지도 강민호 씨가 작성했습니까? 대체 어떻게 그런 정보를 아시는 겁니까? 황 팀장님 말마따나 무슨 특수 훈련이라도 받았어요?"

민호는 이 물음에 대답하지 않고 문을 나섰다. 승용차로 걸어가는 민호를 지켜보던 백승범은 그가 하려는 행동을 생각해 보고 흠칫했다.

"그 호텔에 가려고요? 위치도 모르시면서."

"CIA가 거점을 운용할 만한 호텔이면 대충 답이 나와요."

어제오늘 민호의 능력을 익히 보아온 백승범이기에 저것이 허언이 아니란 것쯤은 알 수 있었다.

"강민호 씨, 설마 거점에 쳐들어가겠다는 소린 아니죠?"

"제가 붙잡은 사람들이니 만날 권리는 있지 않겠어요?"

"황 팀장님이 CIA 쪽과는 절대 어울리지 말라고 하셨습니다. 말도 잘 안 통하고, 우릴 개무시한다고."

민호가 운전석 앞에 서자 백승범이 다급히 따라나서며 말했다.

"다시 생각해 보세요. CIA는 사는 세계가 전혀 다른 사람들입니다."

"그럴 리가요. 그쪽이나 저희나 똑같이 사람인데."

"강민호 씨!"

차에 시동이 걸렸다. 백승범은 어쩔 수 없이 차 옆으로 달려들어 조수석에 올라탔다.

95.

M 슈프리머시 (6)

「탄자니아, 다레살람」-CIA 전략정보 작전거점.

『통신 위성 스캐닝 중. '서은하', '레아 테일러', '반군'이라는 단어 통화망에 감지. 부룬디에서 온 것 같다. 안보국 접수 확인 바람.』

데이빗은 옆자리의 동료가 보고하는 목소리에 고개를 돌렸다. 그러다 그 전화가 수신된 위치가 동쪽 민가인 것을 보고 직감적으로 '미스터 M'의 번호가 아닐까 고민했다.

『블레이크. 지금 목표 좌표 전송해 줄 테니까 이동해 봐.』

-5분 거리네요.

『확인해 보고 맞으면 밀스 팀장님 쪽에도 알려 드려. 눈에 불을 켜고 찾고 있으니까.』

「탄자니아, 다레살람」-동부 주거지역 진입 도로.

블레이크는 차를 몰아 나가다 목적했던 좌표 쪽 차선에서 쌩하니 달려오고 있는 승용차 한 대를 발견했다. 불빛에 언뜻 비친 운전자의 음영을 확인한 그녀는 통신기 너머의 데이빗을 불렀다.

『확실한 건 아닌데 목표가 방금 내 옆을 이동한 것 같아요.』

-잠깐만. 위성 접속 중이야. 어? 맞아. 그 차야!

그녀는 사이드미러를 통해 승용차를 살피다가 이 응답에 즉시 차의 방향을 돌렸다.

『블레이크 송신. 브라보, 에코는 넬슨 로드 교각으로 향하는 회색 세단을 추적 바람.』

-브라보 오케이.

-에코 교각까지 3분. 밀스에게 보고는?

블레이크는 잠시 생각하다 말했다.

『미스터 M에 관한 권한은 네이든이 더 높아. 접선부터 끝내.』

낮에 밀스와 연락했을 때 그의 음성은 적대적이었다. 블레이크는 미스터 M이 싱가니아를 왜 빼돌렸는지, 이유를 확실히 듣기 전까지는 상부에 보고를 미뤄야 한다는 판단에 그녀의 요원 생명을 걸어도 좋다고 생각했다.

거기다 이번에야말로 전설적인 정보분석 요원 비숍과 접촉할 기회가 될 것이라고. 그녀의 예감이 말을 하고 있었다.

–밀스를 배제하는 거야? 과감한데?

데이빗의 무전이었다.

『네이든의 명령이니까요. 데이빗도 거기 계속 있으면 압박받을 테니 잠깐 손을 떼요. 제 독단으로 움직였다고 보고하고…….』

–나도 미스터 M의 팬이야. 걱정하지 말고 움직여. 끝까지 지원해 줄 테니.

블레이크는 고개를 끄덕이고 차의 속도를 높였다.

다레살람의 시내와 동부 지역을 잇는 교각의 출구.

도로 한쪽에 차를 주차해 놓고 대기 중이던 정보요원 스티븐은 다른 채널에서 온 무전이 자꾸만 깜박이는 것을 확인하고 통신기에 말했다.

『팀장. 밀스의 팀에서 계속 연락이 와.』

–무시해 줘. 브라보 현재 위치는?

『10분 거리.』

동유럽에서 지원 파견된 이 정보조사팀의 리더는 블레이크였기에 스티븐은 묵묵히 따르기로 했으나, 아무래도 찜찜

한 건 어쩔 수가 없었다. 밀스가 이렇게 연락을 해오는 것을 보면 냄새를 맡은 것이 분명해 보였기 때문이었다.

『팀장은 어딘데?』

ㅡ나도 10분 정도. 미스터 M의 운전기술 때문인지 속도를 올려도 보이지 않아. 마주치면 꼭 대기해 달라고…….

지직.

ㅡ……스티븐. 너 어디야.

잡음과 함께 갑자기 다른 목소리가 끼어들었다. 스티븐은 밀스가 주파수를 가로채 말을 걸어왔음을 깨닫고 당황했다.

ㅡ끊지 마. 어차피 네 통신기 추적해서 따라붙을 거니까, 괜한 싸움 벌이기 싫으면 미리 무기 빼둬. 너희 팀 지금 미스터 M 접선 중이지?

스티븐은 한숨을 푹 내쉬고 무선 채널을 변경했다.

치익.

『에코 수신. 밀스. 이번만은 물러서 주면 안 돼?』

ㅡ스티븐. 그 팀에서 네가 가장 경험이 많잖아. 네가 왜 블레이크 명령을 듣고 있어?

『네이든의 지시니까. 그리고 블레이크는 뛰어난 분석 요원이야. 우리 지부는 작전보다 정보수집과 분석에 능한 팀이고. 밀스. 싱가니아를 가로채 간 것이 분한 건 알지만, 지금은 대책 상황실의 협상에 더 집중해야 할 때잖아. 이쪽은 블레이크의 감을 좀 믿어줘.』

–난 네이든의 방식 마음에 안 들어. 비숍? 유명했지. 근데 그게 언제야? 그의 시대는 끝났어. 스파이에게 필요한 건 탁상 매너와 말빨이 아니라 행동력이라고.

『마카오에서도 연합해서 작전 잘했잖아.』

–그건 미스터 M이 끼어든 순간부터 실패한 연합 작전이었어. 현재 위치 교각이군. 30초 뒤에 제압 팀이 그곳에 도착할 거야.

『벌써?』

시내 쪽 도로에서 검은 SUV 한 대가 무서운 속도로 다가오는 것이 보였다.

끼이익.

차가 멈추고 요원 넷이 내려섰다.

『제압 팀, 파견요원 스티븐 확보.』

요원들이 권총을 들이대자 스티븐은 두 손을 들어 올릴 수밖에 없었다.

부우웅—!

민호가 거칠게 엑셀을 밟아 차의 속도를 올렸다. 허름한 회색 세단의 엔진이 비명을 터뜨리는 것만 같아 백승범은 움찔하지 않을 수 없었다.

가로등 불빛이 존재하지 않는 2차선 도로.

자동차의 헤드라이트만으로는 가늠하기 힘든 어두운 길을 한국이라면 속도위반으로 벌써 잡혀갔을 만한 빠르기로 내달리는 민호의 운전법은 조수석에서 경험하기엔 숨이 막힐 정도였다.

"가, 강민호 씨……."

"네?"

그러나 민호의 표정에 여유가 흘러넘쳤기에 백승범도 아무렇지 않은 척 애써 표정관리를 하며 말했다.

"생각보다 운전 잘하십니다. 차의 한계까지 속도를 몰아붙이는 방식은 훈련소에서 보고 처음—!"

90도로 꺾인 코너를 속도를 전혀 줄이지 않고 돌입한 까닭에 백승범은 '끄윽' 하는 신음을 삼켰다.

드리프트로 코너를 빠져나가 직선주로에 돌입한 차.

민호는 차체가 요동치는 것에 고개를 저으며 아쉽다는 듯 중얼거렸다.

"붕붕이가 아니라 매끄럽지가 않네. 도로가 흙바닥이 아니었으면 뒤집혔겠어."

"뒤, 뒤집?"

백승범은 안전벨트를 꼭 부여잡으며 두려운 눈으로 민호를 볼 수밖에 없었다. 그렇게 백승범의 오금이 저리도록 달려, 시내로 진입하는 다리가 희미하게 보이던 때였다.

좀처럼 속도를 줄이지 않던 민호가 갑자기 브레이크를 밟아 다리 진입로에 차를 멈춰 세웠다. 덜컹, 하고 앞으로 몸이 기울 정도의 급정거였기에 놀란 백승범의 눈이 커졌다.

"왜 그러십니까?"

"다리 중앙에 차가 멈춰 있네요. 상행선, 하행선을 전부 가로막고 있어요. 아무래도 수상해요."

"진짜요? 그게 보이십니까?"

백승범은 고개를 쭉 빼 저 멀리 시선을 던졌으나 온통 깜깜한 도로에 중앙선만 겨우 확인할 수 있을 뿐이었다. 머리 회전은 둔해도 신체조건만큼은 최고라고 자부하는 백승범이기에 눈을 쥐어짜듯 가늘게 뜨고 앞을 뚫어지게 주시했다.

가만히 보니 희미하게나마 음영이 아른거리는 것을 볼 수 있었다.

"아, 보입니다."

이렇게 말한 백승범은 다시금 놀라서 민호를 돌아보았다. 야간 시야가 얼마나 좋기에 과속하던 와중에 저것을 파악했단 말인가? 보면 볼수록 전문 훈련을 받은 특수요원일 것이란 심증이 굳어져 가는 백승범이었다.

"이상하긴 하네요. 다리를 점거 중이라니. 만약 저희를 기다리는 상대라면 돌아가면 안 됩니까? 저쪽은 우릴 못 본 것 같은데."

"호텔 지역으로 가는 길은 이곳이 가장 빨라요. 다른 도로는 남쪽으로 30㎞를 돌아가야 하거든요."

서은하와의 통화 직후부터 날이 바짝 서 있던 민호는 며칠 전에 기억해 둔 다레살람의 지도를 떠올리고는 결심을 굳힌 듯 말했다.

"요원님. 강제로 돌파해야 할 수도 있으니까 여기서 내리세요."

"무, 무슨."

민호는 반지를 통해서 전해지는 뜨거운 기운에 심호흡을 한차례 한 뒤 점자시계를 터치했다.

"고민할 시간 5초밖에 못 드려요."

"끝까지 갑니다. 제 임무는 지금 강민호 씨 보디가드니까요."

그 대답을 기다렸다는 듯 민호가 바로 물었다.

"그럼, 제 부탁 하나만 들어주시겠어요?"

"부탁?"

민호는 나직이 간단한 계획을 밝혔다.

"……위험하지 않겠습니까?"

"다리 한가운데 서 있는 저쪽의 꿍꿍이가 더 위험해요. 저는 알아서 움직일 테니, 요원님은 걱정 마세요."

“알아서 움직이시는 게 더 걱정입니다.”

라이트를 끈 차가 서서히 앞으로 이동하자 백승범은 잔뜩 긴장한 채로 숨을 죽였다.

CIA의 제압 팀 4인은 SUV와 검은 세단이 가로막은 두 차선 옆에 대기한 채로 교각 진입구에 신경을 곤두세우고 있었다.

치익.

─보여?

『아직입니다.』

─발견하게 되면 무조건 제압해.

『발포는…….』

─팔과 다리는 허락한다. 감시 2팀을 단번에 제압한 상대야. 방심은 금물이다.

SUV 안쪽에 손이 포박되어 앉아 있던 스티븐은 갑작스레 벌어진 이 상황에 혀를 차고 있었다.

블레이크는 미스터 M을 우호적인 대상으로 분류했지만, 밀스는 싱가니아 작전을 방해한 위협요소로 분류했다.

이런 입장의 차이는 서로 간에 지휘체계가 독립된 CIA 팀원들 간에 종종 벌어지는 일이었으나, 결국에는 권한이 높은 쪽의 입김이 작용하게 마련. 여기서는 밀스가 우위에 있다.

특사로 파견된 부국장을 등에 업고 탄자니아 작전 팀 전부를 이끌고 있으니까.

부우웅―

그렇게 가슴을 졸이며 기다리고 있던 스티븐의 귓가에 엔진소리가 들려왔다.

상, 하행선 모두 접근하는 차량의 불빛이 보이지 않아 고개를 두리번거리던 스티븐의 시야로 제압 팀의 플래시 라이트에 비친 회색 세단의 모습이 들어왔다.

『정지!』

30미터 앞까지 근접한 차가 서서히 속도를 줄였다.

『차에서 내리고 두 손을 머리 위로 올려!』

제압 팀 요원의 외침에 운전석에 앉아 있던 동양인이 차문을 열고 내렸다. 그가 양손을 머리에 대자 두 요원이 권총을 든 채로 서서히 접근했다.

불빛 속에서 동양인의 얼굴을 본 스티븐은 의아함을 느꼈다. 블레이크에게 전송받았던 미스터 M의 얼굴은 좀 더 얇고 지적인 느낌이었으나, 저 동양인은 체격부터 우람했다.

'미스터 M이 아니야.'

타닥.

SUV 뒤편에서 아주 작은 소음이 들려온 탓에 스티븐은 반사적으로 고개를 돌렸다. 플래시 라이트가 비치지 않은 창밖은 어둠일 뿐이었다. 스티븐은 고개를 갸웃하며 회색 세단 쪽으로 다시 고개를 돌렸다.

다리 난간에서 뛰어올라 SUV 후미에 붙은 민호는 자세를 낮춰 상황을 살폈다.

백승범에게 운전을 대신 맡겨 둔 채로 어둠 속에서 뛰어내려, 다리 난간에 매달린 것이 1분 전. 백승범은 약속대로 차를 천천히 몰아와 요원들의 주의를 돌리는 것에 성공했다.

민호는 다리 난간 아래에 매달린 채 움직이는 동안 저들의 무전을 엿들었기에 자신을 노리고 있음을 확실히 파악했다. 아마도 서은하가 휴대폰으로 연락했던 것이 방첩망에 걸렸기 때문일 것이라고 비숍이 예측 분석해 주었다.

다리를 점거한 이들의 동태를 파악한 이후의 문제는 대응 방식이었다.

이대로 저들을 제압한다고 한들, 적대적으로 돌변한 CIA 틈에서 서은하를 구하기 위한 최고의 방법을 찾아내긴 힘든 일.

적어도 구류 중인 싱가니아 추장의 부하와 접촉이라도 할 수 있는 시간이라도 벌었으면 좋겠으나 그것도 문제가 있었다. 현재 자신이 소유한 스마트폰은 위치가 들통 나 있으니까. 그렇다고 언제 서은하에게서 또 연락이 올지 모르는 스마트폰을 버릴 수도 없었다.

치익.

고민하던 민호는 검은 차 안에 있던 무전기가 홀로 작동하는 것을 감지하고 귀를 쫑긋했다. 점자시계로 증가한 청력이 무전 내용을 그대로 들려주었다.

–브라보 교각 입구 도착. 에코, 어디야? 반대편에 있어? 아니면 미스터 M과 접선 중?

민호는 의문을 느낄 수밖에 없었다. 접선이란 단어는 이렇게 총을 들고 불을 끈 채로 거점을 지키고 서 있는 작전에는 포함되지 않은 옵션이다.

–블레이크 송신. 에코가 아까부터 연락을 안 받아.

–그래? 어딜 간 거지?

–나도 곧 반대편 교각에 도착해. 이쪽으로는 빠져나간 차량 못 봤으니까 정밀 정찰로 다리 중간에서 만나.

–알겠어.

민호는 익숙한 무전 속의 음성에 귀가 번쩍 뜨였다.

'블레이크? 진짜?'

그러다 SUV안에 붙잡혀 있는 백인을 발견했다. 비숍의 손거울을 터치하고 빠르게 상황을 분석했다.

'알겠어요. 일단은 제압부터.'

회중시계를 꺼낸 민호는 7분간의 상황을 꼼꼼히 살핀 후

행동을 개시했다.

『미스터 M. 지금부터 포박할 테니 허튼짓 벌이면 발포하겠어.』

“왓? 아임 낫 미스터 엠. 아임 코리아 에이전트. 헤이!”

백승범이 접근하는 CIA 요원에게 이렇게 말하던 순간, 뒤편에서 비치던 플래시 라이트가 갑작스럽게 훅 꺼졌다.

차 앞부분에 서 있던 요원이 반사적으로 총구를 돌려 SUV 방향을 직시했다. 차량의 형체만 얼핏 보이는 어두컴컴한 속에서, 백승범 옆에 있던 요원이 황급히 플래시 라이트를 켰다.

『숀, 칼스!』

SUV 근처에서 이곳을 엄호하고 있어야 할 두 사람이 바닥을 뒹굴고 있자 당황에 빠진 두 요원.

『제압 1팀. 기습, 기습을 받았다. 저격 소리는 듣지 못했으나 위치가 노출된 것…….』

한 요원이 보고하는 동안 다른 요원이 사방으로 플래시 라이트를 비추며 사라진 적의 종적을 발견하기 위해 애를 썼다.

백승범은 사전에 이미 계획을 들었음에도 도무지 무슨 상황인지 알 수가 없어 살짝 팔뚝에 소름이 돋아난 상태였다.

두 요원이 경계태세를 갖추며 서로를 엄호하기 위해 모여드는 동안, 어둠 속에서 'ㄱ' 자 형태의 무언가가 바람을 가르고 날아들었다. 뒤이어 그것이 한 요원의 이마를 강타해 빽! 하는 둔중한 소음을 일으켰다.

얻어맞은 요원이 비명과 함께 풀썩 쓰러졌다.

백승범은 바닥에 툭 떨어지는 물건이 탄창을 제거한 묵직한 권총이라는 사실을 확인하고 입을 떡 벌렸다.

나이프도 아니고 멀리서 권총을 집어 던져 이렇게 정확히 맞추는 기술이 있다는 건, 베테랑 훈육관이 넘쳐나던 훈련소에서도 듣도 보도 못했다.

타다다닥!

그리고…… 어둠 속에서 번개처럼 뛰어든 그림자가 멀쩡하게 서 있던 요원의 목을 휘감았다.

타당!

허공에 헛되이 총을 쏜 요원이 목을 졸려 켁켁 거렸다.

권총에 얻어맞아 바닥에서 신음하던 요원이 억지로 일어서려고 하자, 그림자가 손을 휙 뻗었다. 텅, 하고 뒤통수에 탄창을 얻어맞은 요원이 다시 앞으로 꼬꾸라지는 광경에 백승범은 움찔 놀랐다.

순식간에 목이 졸려 졸도한 요원을 바닥에 눕힌 그림자는 민첩하게 몸을 움직여 두 번이나 머리 공격을 당한 요원의 뒷목에 수도를 내려쳤다. 거듭 얻어맞은 요원은 세 번째 충격이 가해지자 비명을 지를 새도 없이 완전히 기절해 버렸다.

"이, 이게 대체……."

단 10초 만에 벌어진 일. 알면서도 당황한 백승범은 바닥을 뒹구는 플래시 라이트를 손에 쥐고 그림자를 비췄다.

"하아, 하아."

숨을 몰아쉬고 있는 민호의 모습에 일단은 안도하던 백승범은 순간 정신이 번쩍 들었다. 한국의 연예인 강민호가 방금 CIA 요원 넷을 맨손으로 때려눕혔다. 이걸 황정명에게 어떻게 보고해야 할지, 지금은 감조차 오지 않았다.

'……보고해야 하나?'

백승범이 민호에게 다가섰다.

"강민호 씨. 어쩌려고 CIA를 공격한 겁니까?"

"일시적 적대 관계라고 해두죠."

"우리 적은 여기가 아니라 부룬디에 있지 않습니까?"

"다 살자고 하는 일인데. 사람 관계라는 게 싫어졌다가 좋아졌다가 할 수 있는 거잖아요. 오늘 밤이 가기 전에 자수할 테니 너무 걱정 마세요."

농담인지 진담인지 모를 대답에 백승범은 할 말을 잃고 민호를 보았다.

SUV로 걸어간 민호가 뒷문을 열었다. 안쪽의 스티븐이 민호와 눈을 마주치고 호기심이 가득한 눈길을 보냈다.

『블레이크의 작전 팀원, 에코 맞으신가요?』

『당신은 미스터 M이겠군.』

손이 묶여 있는 채로 내려선 스티븐은 차 앞에 기절해 있는 두 명, 저 멀리 기절해 있는 두 명의 제압 팀 요원들을 보고 감탄하지 않을 수 없었다.

현역 요원 넷을 단번에 무력화시킬 수 있는 능력이란 건 정말 특수한 훈련을 받은 요원이 아니고서는 불가능한 일이었다.

민호가 손목 끈을 잘라내자 스티븐은 팔을 어루만지며 물었다.

『내 콜사인은 어떻게 알았소?』

『그야…… 뭐, 일종의 감청이겠죠?』

밀스의 팀은 무전 방식이 똑같아 간단히 주파수를 가로챘다지만, 외부의 인물이 CIA의 통신을 이렇게 간단히 엿들을 수 있다는 건 스티븐으로서는 상상하기 힘든 일이었다.

『역시 소문대로군.』

『절 아세요?』

고개를 끄덕인 스티븐은 최초 블레이크에게 들은 명령을 떠올리고 말했다.

『미스터 M. 당신이 싱가니아를 보호해 탈출시켜 주었다는 첩보를 입수했소. 우린 당신과 접선을 희망해서 대기 중이었고. 다른 작전 팀은 보시다시피…….』

민호는 쓰러진 이들을 살피며 고개를 살짝 숙였다.

『나중에 꼭 사과드릴게요.』

『왜 싱가니아를 도운 것인지 들을 수 있겠소?』

이 물음에 민호는 대답을 고민하다 멀리서 차의 불빛이 다가오는 것을 발견했다.

『블레이크 오네요. 가면서 말씀드릴게요. 지원이 와서 포위되면 이 고생이 의미 없어지니까.』

뒤편에서 다가온 차량에 백승범은 한차례 긴장했다가, 안에서 내려선 눈에 확 띄는 갈색 머리의 여인을 보고 더더욱 당황에 빠졌다. 이 야밤에, 이렇게 난감한 상황과는 전혀 어울리지 않아 보이는 꽃다운 서양 여인이었다.

"후, 후아 유……."

"Mr. M!"

백승범을 휙 지나친 블레이크는 민호에게 곧장 달려오며 반가운 미소를 지었다.

『오랜만이에요, 블레이크.』

『여기서 다시 보게 될 줄은 몰랐어요.』

『어쩌다 보니. 저도 블레이크가 올 줄은 몰랐네요.』

『동아프리카 거점은 인력이 열악하거든요.』

『일단 이동부터 할까요?』

민호는 백승범에게 말했다.

"요원님, 저는 블레이크 차를 타고 갈 테니 그 호텔 앞에서 봬요. 그거 렌트한 차량이라 버리고 가면 안 되거든요. 부탁해요."

"아……."

「탄자니아, 다레살람」-티파니 다이아몬드 호텔.

'TD' 로고가 전면에 새겨진 7층 건물 아래로 검은 세단이 정차했다.

『……싱가니아 추장님이 투치족 마을로 돌아가 실권을 잡게 되면, 납치를 주도한 사령관 쪽은 목적을 상실할 수밖에 없어요.』

조수석에 앉아 있던 민호의 설명에 블레이크는 큰 눈을 반짝이며 경청했다.

『문제는 이 사령관을 뒤에서 돕고 있는 자들이에요. 최신 군수물자만 봐도 심상치 않은 배경이 있으리라 판단되거든요.』

『부룬디 반군을 앞세워 인질을 팔아 군자금 세탁까지 가능하겠네요.』

『맞아요. 비난은 투치족에 꽂히고, 이득은 다른 자들이 챙기겠죠. 그렇기 때문에 현재 사령관에 대한 정보가 필요해요. 며칠 전에 UN 사무국에서 총을 쏘려다 붙잡힌 두 사람이 싱가니아의 직속 부하거든요. 아마 정보가 있을 거예요.』

민호가 호텔 쪽에 시선을 던지자 블레이크는 가방에서 통신기 하나를 꺼내 내밀었다.

『자요. 미스터 M의 팬이 백업해 줄 거예요.』

『제 팬이요?』

귀에 쏙 들어오는 작은 통신기를 장착한 민호의 귓속으로 음성 하나가 날아들었다.

–데이빗입니다. 마카오에서 봤죠?

『아, 안녕하세요.』

–현재 미스터 M이 찾고 있는 두 사람은 밀스 쪽 팀원들이 구류 중입니다. 위치는 보안회로 안쪽 정보에 있어 파악하려면…….

나침반을 손에 쥔 민호는 6층의 한 방을 가리키는 흰 빛을 파악하고 바로 말했다.

『그건 됐고요. 출입문과 6층 CCTV를 3분 정도만 교란시켜 줄 수 있나요?』

-그걸로 되겠습니까? 거점 안에 밀스의 팀원만 스물이 대기 중입니다.

『충분해요.』

민호는 백팩을 등에 메고, 모자를 푹 눌러썼다. 그리고 블레이크에게 고개를 돌렸다.

『고마워요. 제 말을 믿어 줘서.』

『마카오에서의 도움도 그렇고. 미스터 M과 비숍에 대한 신뢰는 네이든도 보장하고 있는걸요.』

『그러고 보니, 레아는 블레이크의 베프죠? 맘 아프겠어요.』

블레이크는 레아를 언급하는 민호의 말에 한 달 전쯤 마카오에서 있었던 마지막 일을 떠올라 뺨이 살짝 달아올랐다.

『이건 블레이크만 알고 있어요. 레아와 함께 붙잡혀 있는 한국의 배우가 '서은하'라고 하거든요. 전 그 사람 때문에 여기 왔어요.』

블레이크는 그녀도 모르게 '서은하?'라고 반문했다.

-CCTV 조작 완료했습니다.

민호는 귓속의 통신을 듣고 블레이크에게 말했다.

『올라갔다 올게요. 혹시 한국 요원 미스터 백이 도착하면 조금만 기다려 달라고 하세요.』

차 문을 열고 호텔 안으로 사라진 민호. 블레이크는 서은하를 언급한 민호의 시선 속에서 따뜻한 무언가를 감지했기에 작은 한숨을 내쉬었다.

전략정보 작전거점 안에서 모니터를 주시 중이던 데이빗은 CCTV에 모습을 드러낸 미스터 M을 확인하고 속으로 휘파람을 불었다.

취리히의 중앙역에서 러시아, 프랑스, 독일 요원에 모사드까지 한 장소에 유인해 제압하고 그들을 스위스 방첩부에 넘겨 버린 신원미상의 존재에 대한 정보는, 아직도 동유럽에선 미스터리로 남아 있는 사건이었다.

데이빗은 그때 미스터 M이 유유히 빠져나갔던 모습을 유일하게 목격한 자로서, 대체 어떻게 CIA 요원들이 가득한 곳에서 목표와 접촉할지 기대감마저 일었다.

현실에서는 영화 속 같은 스파이가 존재할 수 없다. 그러나 미스터 M은 그들보다 뛰어난 활약을 펼칠 수 있다는 확신을 주는 정말 특별한 요원이었다.

현관에서 엘리베이터에 올라탄 미스터 M이 CCTV에 흘끔 고개를 돌렸다. 데이빗이 그것을 보고 통신기 버튼을 눌렀다.

『제대로 조작해 뒀습니다.』

—아, 지켜보고 계셨군요.

데이빗은 동아프리카 민간비행 현황표를 분석해 기계적으로 보고 중인 옆자리의 동료를 보았다가 목소리를 최대한 낮춰 말했다.

『밀스가 교각 주변을 이 잡듯이 뒤지다 포기했다는 소식이 있으니까 빨리 움직이셔야 할 것 같아요. 그가 돌아오면 휴대폰 정보를 넘길 수밖에 없거든요.』

–걱정 마세요.

대답을 끝마친 미스터 M이 엘리베이터 문 옆에 바짝 붙어 손에서 무언가를 꺼내 쥐었다. 화질이 좋지 않은 CCTV 영상이었기에 데이빗은 둥근 물체라는 것만 확인할 수 있을 뿐이었다.

잠시 후, 6층에 엘리베이터가 멈췄다.

번개처럼 뛰어든 미스터 M이 벽에 붙어 창고의 문 뒤에 들어가자마자, CIA 요원 두 사람이 복도를 지나쳤다.

다시 나온 미스터 M이 사람이 비어 있는 604호의 문을 가볍게 따고 들어가자, 또다시 순찰 요원이 지나쳤다. 그렇게 3번을 반복하자 순식간에 끝 방 근처에 도달했다.

『어…….』

순찰 요원의 움직임을 미리 알고 있지 않고서는 불가능한 이동. 게다가 방 키도 없을 텐데 어떻게 저리 간단히 여닫는 건지, 데이빗으로서는 파악이 불가능했다.

민호는 621호의 문 뒤에 있다가 심호흡을 하고 그대로 뛰어나갔다. 순찰 요원이 엘리베이터 쪽으로 간 사이, 622호의 문을 핀을 이용해 가볍게 열고 그대로 안으로 진입했다.

달칵.

문이 열리자마자 안쪽에 대기 중이던 두 요원이 '누구지?' 하는 눈빛을 보냈다. 그리고 나서야 뒤늦게 복면을 쓰고 있는 민호의 모습이 수상함을 깨닫고 총을 빼 들었다.

JB에게 모든 감각을 맡기고 있던 민호의 반응은 그들보다 한참 우위에 있었다.

총을 꺼내는 요원의 팔을 내려치고 반대편 요원의 가슴에 발끝을 찍었다.

단번에 총을 빼앗아 든 민호는 그대로 발차기를 얻어맞고 날아가는 요원 쪽으로 달려가 그의 허리에 있던 권총까지 빼앗았다.

하나는 권총 몸체를 분리해 바닥에 던지고, 다른 하나로 두 사람을 겨눴다.

"Don't move."

두 요원이 민호의 경고에 양손을 들어 올렸다.

침실 쪽에 묶여 있던 두 흑인이 난데없는 민호의 등장에 두 눈이 커졌다. 모자를 쓴 복면인이 이틀 전에 자신들을 제압했던 그 사람이라는 것을 깨닫고는 움찔 놀랐다.

『우, 우릴 죽이러 왔어?』

누가 봐도 암살자의 모습이었기에 놀란 그들에게 민호는 투치족 어로 침착히 말했다.

『아도, 몬순. 당신들에게 묻고 싶은 것이 있어서 왔어요.』

아무것도 말하지 않겠다는 그들의 시선을 느끼며, 민호는 우선 손을 들고 있는 두 요원의 손부터 묶어 의자에 앉혔다.

요원 하나가 민호에게 물었다.

『넌 누구지?』

민호는 복면을 끌어 내리며 대답했다.

『일단은 미스터 M이라고 불러 주세요. 신분 확인은 그쪽 팀장인 밀스에게 물어보면 될 겁니다. 저분들께 질문만 하고 갈 거니까, 쓸데없이 움직여서 서로 간에 다치는 일 없도록 해요.』

제압을 위해 들고 있던 권총까지 분해해 바닥에 던지는 민호를 보며 요원은 이해할 수 없다는 듯한 표정으로 재차 말했다.

『저들은 이틀째 아무 협조도 안 하고 있어. 어떻게 입을 열겠다는 거지?』

『아, 그건요…….』

민호는 선불폰을 들어 번호 하나를 눌렀다. 신호가 가고, 상대편 쪽에서 음성이 들려왔다.

—M?

『추장님. 이동 중이신가요?』

—아니, 잠시 쉬고 있어.

『통화 괜찮으시죠?』

아루샤에서 한창 서쪽으로 이동 중일 싱가니아와의 재연락을 위해 베로니카가 건네준 위성전화. 다행히 잘 들고 가고 있는 모양이었다.

민호는 통화가 연결된 상태로 안쪽 방의 아도에게 걸어가며 말했다.

『지금 아도와 몬순 앞에 있어요. 이들에게 묻고 싶은 것이 있는데, 협조를 안 해주네요.』

—그래? 아도 바꿔봐.

선불폰을 내민 민호를 뭐냐는 듯 바라보는 아도. 민호가 친절히 그의 귀에 선불폰을 대어주었다.

—아도. 내말 들려?

『자, 장군님?』

일순, 아도는 눈에 불이 뿜어져 나올 것처럼 긴장해 벌떡 일어섰다. 수갑을 차고 있기에 민호는 계속 선불폰을 그의 귀에 대주었다.

—작전소대를 우체에게 빼앗겼더군. 수치스럽게.

『시정하겠습니다!』

방 안이 떠나갈 듯 소리치는 아도의 모습에 거실 쪽에 묶여 있던 두 요원은 어안이 벙벙한 얼굴로 민호를 보았다.

─네 앞에 있는 코레아 부족의 동양인은 내 목숨을 구해준 은인이다. 협조해.

『알겠습니다!』

민호는 다시 선불폰을 귀에 대고 말했다.

『안전히 여행하세요, 추장님.』

─내일 오후에는 투치족 마을에 도착할 거야. 상황 정리되면 바로 연락 주겠어.

통화가 끝나고 민호가 아도를 다시 쳐다보았다. 처음과는 달리, 상당히 경직된 표정이 된 그가 물었다.

『뭘 알고 싶으십니까?』

공손한 어투에 민호는 속으로 실소하며 말했다.

『투치족을 손아귀에 넣은 사령관에 대한 정보가 필요해요. 아는 대로 말씀해 주세요.』

아도는 순순히 얘기하기 시작했다. 민호는 그것을 그대로 통역해, 데이빗에게 전달해 주었다.

투치족 출신이긴 하나 혁명군과의 전투에서 행방불명됐었던 제1연대장 퉁가. 그가 4개월 전 기적적으로 살아서 돌아왔다. 상당한 장비와 돈, 개인 무장세력과 함께.

싱가니아의 투옥으로 와해되기 일보 직전이었던 투치족에

서 그의 입지는 컸고, 곧 그를 따르는 무리가 늘어났다.

-어? 자금 흐름이 있네요. 스위스를 경유해서 반군에게까지. 이놈들 내가 스위스 은행 전문이란 것을 모르네.

데이빗의 음성이 이어지며, 민호는 비숍의 손거울을 손에 들었다.

-찾았어요. 마지막 자금세탁 경로에 부줌부라의 S.C 은행 계좌가 있습니다.

부줌부라. 부룬디의 수도. 현재 혁명군이 차지하고 있는 정부가 들어선 곳이기도 했다.

민호는 번뜩이는 생각 하나가 있어 물었다.

『혁명군 쪽 군자금 이동 경로도 추적해 줄 수 있나요?』

-기다려 보세요.

이 안에서의 정보 수집은 끝났기에 민호는 아도에게 고개를 돌렸다.

『싱가니아 추장님이 복귀하시면, 곧바로 탄자니아 정부와 대책 위원회에 협상을 시도할 거예요. 그때까지만 기다리세요.』

『넵!』

마치 싱가니아를 대하듯, 깍듯이 경례까지 올려붙일 기세의 아도에게 민호는 나직이 말했다.

『그리고 이분들에게도 협조해 주세요. 아도와 몬순 씨를 해치려는 의도가 아니니까.』

방문을 열기 직전, 민호는 다시 회중시계를 꺼내 순찰요원들의 이동 경로를 파악했다. 복면을 도로 얼굴에 올린 민호는 거실에서 자신을 멍하니 바라보고 있던 두 요원에게 말했다.

『분석이 끝나는 대로 자수할 테니까, 혹시 밀스 팀장님이 절 찾으시면 UN 사무국에서 뵙자고 전달해 주세요.』

무의식적으로 고개를 끄덕끄덕 하는 요원들.

달칵.

622호실의 방문이 열리고, 민호는 연기처럼 사라졌다.

「탄자니아, 다레살람」-UN 사무국 대책 상황실.

'이 자식은 왜 통신기를 꺼놨어?'

황정명은 두 시간 전부터 연락불통이 된 백승범을 계속해서 호출 중이었다.

상황실에 며칠째 틀어박혀 한국 외교부에 연락하랴, CIA 눈치 보랴, 강민호가 또 무슨 일을 하려 들지 걱정하랴.

눈코 뜰 새 없이 바쁜 시간을 보내는 와중에서도 한 가닥 희망을 품을 수 있었던 것은, 교섭의 물꼬가 새롭게 트였기 때문이었다.

싱가니아와 인질의 1:3 교환이 실패한 후. 현재 반군 쪽에서 그때 보내주려 한 2명을 다시 보내주는 조건으로 물자와 의료 지원을 요구하고 있었다.

싱가니아의 신병 확보에 대한 문제를 이쪽에 묻지 않고, 싱가니아 혼자만의 도주로 결론짓게 된 것. 이건 강민호가 말했던 대로 또 다른 희망을 기대해 볼 수 있는 부분이었다.

'이자가 돌아가서 약속을 지킨다는 가정이 들어가겠지만 말이야.'

여기에 싱가니아가 알려준 인질들이 있는 좌표는 현재 신빙성이 높다고 평가 중이었다. 만약 무력을 동반한 최후의 인질 구출작전이 개시됐을 경우, 상황실에서는 반군의 열악한 사정상 인질을 구출할 확률이 높다고 판단 중이었다.

치익.

상황실 구석에 앉아 생각에 잠겨 있던 황정명의 통신기에 신호가 잡혔다.

–팀장님.

"얌마! 왜 연락을 끊고……."

소리가 컸던지 중국과 캐나다 쪽 관계자들이 눈치를 주기에 황정명은 즉시 복도로 나갔다.

"뭐 하고 있었어?"

—저…… 이런 말 드려도 될지 모르겠지만, 비밀입니다.

백승범의 뜬금없는 무전에 황정명은 이게 돌았지 싶었다.

"네 상관이 누군지 그새 까먹었어?"

—그게 말입니다. 말을 해도 미친놈 취급하실 겁니다. 그리고 이거 들키면 CIA와 델타포스의 암살 승인이 일어날 수도…….

"너처럼 허접한 요원에겐 관심도 없으니까, 바른대로 불어."

—일단 UN 사무국 앞으로 가는 중입니다. 민호 씨가 한국 관계자 자격으로 대책 상황실에 참여할 수 있느냐고 물어보는데요?

"왜?"

—중요한 정보가 있다고. 강민호 씨가 알고 있는 CIA의 채널로는 현재 제대로 발언권을 얻기 힘들 다네요.

"실시간으로 기자회견 계속하고 있어. 상황실에서 입 잘못 놀리면 국제적으로 망신당하는 거 알고 하는 소리야?"

치익.

—황정명 팀장님. 들리세요?

"어, 민호 씨. 대체 무슨 짓을 하고 돌아다니는 거야?"

—솔직히 말씀드릴게요.

황정명은 이후 들려오는 소리에 몸이 굳어졌다.

CIA 요원 6명 구타. 강제 거점 침입. 허락 없는 심문.

"농담이라고 해줘. 제발."

-저 이대로면 인터폴에 잡혀가요.

"후우. 일단 와. 와서 얘기하지."

깊은 한숨을 내쉰 황정명은 상황실 안을 바라보았다.

CIA의 부국장 에릭과 미국의 주도로 계속되어 온 대책 위원회의 대응. 여기에 강민호가 찬물을 끼얹을지, 새 타개책을 전해줄지.

"이판사판이야."

적어도 비참하고 무기력하게 앉아만 있다가 강대국이 던져주는 호의에 한국의 인질을 구출해 내는 모습보다는 나으리라는 생각에 황정명은 옷깃을 제대로 여몄다.

UN 사무국 입구는 엄격한 검문과 통제로 출입자를 제한하고 있었다. 얼마 전, 특종을 노린 기자 하나가 신분을 속이고 들어오려고 한 탓에 무장경비까지 서고 있었다.

민호는 입구에 서서 황정명이 나오길 기다리다, 오른쪽 벽에서 경비를 서고 있는 UN군과 시선이 마주쳤다.

'이크.'

탄자니아에 온 첫날 어쩔 수 없이 기절시켰던 그 군인이었다.

『미스터 M. 밀스도 오고 있다는 정보예요.』

뒤에 서 있던 블레이크의 음성에 민호는 침착하게 고개를 끄덕였다.

『이만큼 절 도와준 거, 고마워요. 블레이크 입장도 있으니, 이제 피해 있어요.』

『우리…… 또 만날 수 있을까요?』

블레이크의 투명한 눈동자가 민호의 얼굴을 직시했다. 민호는 부드럽게 미소 지으며 말했다.

『예전에 블레이크가 그랬죠? 모든 여행에는 비밀스러운 종착역이 있다고. 최근에 대자연 속을 여행하면서 되게 멋진 인디언에게 들은 얘긴데, 인생에서 최고의 여행은 예상하지 못한 질문과 답을 얻는 거래요.』

민호는 블레이크의 아름다운 얼굴을 가까이에서 지켜보면서도 두근거림 대신 담담한 기분이 들었다.

『제 여행에 그 질문과 답은 이미 정해져 있어요. 아쉽게도, 퉁가인지 뭔지가 납치해서 잠깐 떨어지게 됐지만요. 블레이크도 꼭 저와 비슷한 걸 찾길 바랄게요.』

그녀가 호감을 품고 있다는 건 진작 알고 있었다. 민호는 비숍에게 영향을 강하게 받는 탓에 직접적인 거절 대신 상당한 매너를 동반한 거절의 말을 내뱉었다.

『잘 가요, 블레이크.』

민호가 손을 내밀어 악수를 청했다. 블레이크는 멈칫하다 민호의 손을 붙잡고 아쉬움의 미소와 함께 고개를 끄덕였다.

『잘 있어요, 미스터 M.』

블레이크가 기자들 틈으로 사라졌다.

조용히 두 사람을 지켜보고 있던 백승범이 슬쩍 민호에게 다가왔다.

"강민호 씨."

"네?"

"그쪽처럼 특별한 요원이 되면, 저런 미녀들을 많이 마주칠 수 있는 겁니까?"

"그, 글쎄요."

"티나 씨도 그렇고, 저 여자 요원님도 그렇고. 영어는 필수로 마스터해야겠다는 생각이 듭니다."

뭔가 결심을 한 얼굴이 된 백승범. 민호는 멋쩍게 웃다가 출입구에 황정명이 나타난 것을 보았다.

"황 팀장님!"

민호가 다가서자 황정명은 아래위로 그 모습을 훑었다.

"사진으로만 봐서 그런가? 실제로 보니 전혀 이 세계와는 안 어울리는 사람이네."

"정말 그 세계 사람이 아니니까요."

"농담 말고. 대책 위원회에 뭘 말하려는 거야?"

황정명은 손이국 한국대사를 통해 공수해 온 출입증명서를 민호에게 내밀었다. 백승범은 민호와 함께 걸어가는 황정명에게 다급히 물었다.

"팀장님, 저는요?"

"네 신분 잊었어? 비즈니스차 여길 온 블랙 요원이 어딜 기어들어 오려고 그래? CIA 요원도 여긴 쉽게 못 들어 와."

백승범은 자신을 버리고 사라지는 두 사람에 입맛을 쩝 다셨다.

대책 상황실로 들어선 민호는 그대로 에릭이 서 있는 곳까지 걸어갔다.

보고 자료를 정신없이 훑고 있던 에릭이 인기척에 고개를 돌렸다. 쓰고 있던 안경을 위로 올리며 물었다.

『누구지?』

『비숍과 잘 아는 사이라고 하면 이해가 편하실까요?』

이 말에 에릭의 눈이 빛났다.

『밀스를 곤란하게 만들었던 그 친구군.』

『그건 정말 미안하게 됐습니다.』

『아니야. 네이든의 팀을 이곳에 부른 이유가 다른 관점의 조사가 필요했기 때문이니까. 그래. 내게 무슨 용건이지 미스터 M?』

『지금은 미스터 M이 아니라 한국의 정보분석관 입장으로 이곳에 왔습니다. 일단, 이 안의 모두에게 말씀드릴 정보가 있어요. 데이빗이 자료 전송을 준비 중인데, 짧게 브리핑 좀 해도 될까요?』

『한국의 정보분석관이 CIA의 감청요원의 자료를 전송받는다고?』

민호의 뒤에 서 있던 황정명은 무려 CIA 부국장과 이렇게까지 당당히 대화하는 한국의 청년을 보며 속으로 소위 똥줄이 타는 것을 느껴야 했다.

『뭐, 지금 사태가 사태니 만큼.』

에릭은 흥미 있는 눈길로 민호를 쳐다보았다가 대책 상황실을 향해 말했다.

『모두 주목해 주시겠습니까?』

잠시 후.

민호는 상황실 벽면에 있는 스크린 앞에 섰다.

8개국의 외교부 관계자와 정보국 요원들이 앉아 있는 방안. 비숍의 손거울을 손에 쥔 민호는 생각했다.

'부탁해요, 비숍.'

스크린에 부룬디 지역의 지도가 떠올랐다.

『지금부터 제가 드리는 말씀은 싱가니아에게 직접 들은 기초 정보를 토대로, 마캄바 지하벙커 수용소에 수감 중인 한국인 서은하 씨와의 극적인 통화로 얻은 최신의 정보를 합쳐 분석한 내용입니다.』

비숍의 빼어난 브리핑 능력은, 시작부터 대책 상황실에서 전혀 파악하지 못했던 피랍사태 관련자들을 언급해 모두의 관심을 끄는 것으로 시작됐다.

『납치를 벌인 주동자는 현 투치족 1연대 사령관을 맡은 퉁가. 이것은 투치족 전부의 의견이 아니라 이 한 사람의 독단적인 시도로 시작됐습니다.』

지도에 퉁가의 사진이 입혀지고, 뒤이어 부줌부라 쪽에 전선을 펼친 혁명군의 깃발이 입혀졌다.

『퉁가는 4개월 전, 부줌부라 근처에서 혁명군에 포로로 붙잡혔습니다. 현재 수감 중인 투치족 소대장 아도의 증언이며 녹음된 기록은 별도로 요청하시면 들으실 수 있습니다. 중요한 것은 이때, 퉁가가 무사히 풀려났다는 사실입니다. 그것도 막대한 자금을 손에 쥐고 말이죠.』

혁명군에서 지급된 자금 흐름 내역이 쭉 떠올랐다. 퉁가가 홀리사리오의 명령을 따르게 된 상태로 다시 투치족으로 복귀했을 것이라고 강력히 추정되는 증거에 사람들 모두 놀라지 않을 수 없었다.

납치를 사주한 것이 반군이 아니라, 탄자니아와도 우호 관계인 혁명군이라는 사실은 쉽게 받아들일 수 있는 정보가 아니었다.

민호는 그 반발을 캐치하고 다음 정보를 말했다.

『혁명군의 데이터베이스를 해킹해 찾아낸 정보입니다. 퉁가와 함께 투치족으로 향한 그의 부하들. 이중 한 명의 얼굴이 혁명군 특수 무장부대인 NRC 소속의 병사와 흡사하다는 것.』

NRC 소속 군인들의 사진이 쭉 떠올랐다. 그리고 그들 중 한 사람이 퉁가와 함께 앉아 있는 사진이 나타났다.

웅성거리는 사람들 틈에서 민호는 모든 정보를 토대로 내린 비숍의 분석을 그대로 입에 옮겼다.

『혁명군의 임시 지도자 홀리사리오가 퉁가에게 이 같은 짓을 사주한 목적은 2가지입니다. 하나는 쿠데타에 막 성공한 부룬디 혁명세력의 새로운 선거. 여기서 홀리사리오가 패할 가능성이 크기에 계속 계엄령이 선포된 상태여야 한다는 것. 싱가니아가 사라진 뒤 궤멸 직전에 몰린 반군이 '가까운 적'으로 존재해 준다면 계엄령은 유지됩니다. 어쩌면 영원히요.』

민호는 한차례 호흡을 끊었다가 사람들의 반응을 훑었다. 대부분 수긍하는 눈치였다.

『두 번째는 인질들의 석방금이 곧 혁명군의 안전한 자금

수입원이 된다는 사실입니다. 더불어 테러 세력으로 분류된 투치족은 서구권의 견제와 지탄을 받게 됩니다. 투치족 민병대와 혁명군은 비록 이상은 달라도 뿌리는 같습니다. 서구권에 반감을 품은 부룬디 대중은 시간이 지나며 자연스레 '멀리 있는 적'. 아마도 미국을 원망하게 되겠죠. 불안과 공포는 나라를 통치하는데 안성맞춤인 전 세계 공통의 안보 이슈니까요.』

브리핑이 끝나자 제대로 의견을 잇는 이는 아무도 없었다. 에릭은 미 대사와 짧게 대화를 나눈 뒤, 곧바로 민호에게 물었다.

『한국의 정보부는 NRC라는 무장부대의 정확한 군사력은 파악했나?』

『그건 저희가 할 수 있는 역할을 벗어났습니다. 다만 본래 계획했던 인질 구출작전을 그대로 감행했다면, 투입된 연합 특수부대원이 심각한 손해를 입었을 것은 분명하다고 확신합니다.』

한국의 정보분석관 자격으로 참여한 민호의 발언은 순식간에 각국의 외무부를 통해 전 세계로 퍼져 나갔다.

"간 떨어지는 줄 알았어."

황정명은 심장을 쓰다듬으며 복도로 나온 민호를 돌아보

았다. 방금 저 방 안에서 목격한 민호의 모습은 첫인상과는 전혀 달랐다.

침착하고 또박또박, 세계의 전문가들을 한 손에 휘어잡는 그 스마트한 카리스마. 전혀 주눅이 들지 않고 자신의 의견을 제대로 피력하는 브리핑의 달인. 타국에서 정보 활동을 하며 숱한 사람을 경험해 본 황정명도 저 강민호란 인간은 여태껏 경험해 보지 못했던 부류의 존재였다.

"자네 대체 뭔가?"

"뭐가요?"

"내가 신상 확인 안 해봤을 거 같나? 어떻게 그럴 수가 있지? 이제 겨우 스물넷이잖아. 대체 어디서 어떤 훈련을 받은 건가?"

민호는 애장품을 활용하며 지금껏 해왔던 변명으로는 먹히지 않을 것 같아 가볍게 웃음기를 띠며 대답했다.

"사랑의 힘이랄까요."

"서은하 씨랑 사귀는 사이라는 건 정말인가?"

"자요."

스마트폰에서 서은하의 사진을 찾은 민호가 황정명에게 내밀었다.

"여기 하트 뿅뿅 문자 보이시죠?"

"후. 이보게……."

"특수한 상황이잖아요. 그냥 그렇게 이해해 주세요."

"한국에 보고는?"

"적당히 이해할 만하게 해주세요. 세계의 안보를 들먹이면 그렇게까지 파고들 수 없잖아요."

설렁설렁 대답하는 것 같아도 이건 용의주도한 단어 선택이었다. 결국, 뒷수습은 자신이 알아서 하라는 말 아닌가. 황정명은 못 당하겠다는 듯 끙, 한숨을 쉬었다.

민호는 에릭이 상황실에서 나와 작은 방으로 들어가는 것을 목격하고 슥, 점자시계를 터치했다.

CIA의 작전 선택이 결국 상황실의 대책이 되기에 부룬디의 사정을 파악한 지금 어떤 방법을 택할지 궁금했다.

–Yes, Mr. President.

'헐, 미 대통령?'

민호는 좀 더 귀를 기울였다.

–혁명군 측은 당연히 부인할 겁니다. 장기 인질교섭 체제로 돌아서면 '레아 테일러'의 순번이 가장 끝에 배정될 것이 분명하기에 그녀의 안전은 보장하기 힘들어집니다. 네, 네. 싱가니아와 협조 체제를 갖췄다고 들었습니다. 그가 누구냐고요? 제 생각은 비숍의 후임이 아닐까 합니다.

'내 얘긴가?'

–그들의 무장 상태를 예측해 본 바로는 내부 정찰 시도

자체에 위험부담이 상당합니다. 적십자회 소속으로 위장한 요원이 백인일 경우, 적의 의심을 사게 될 테니까요. 게다가 투치족이 소수민족이라 그 언어 제대로 구사하는 통역자가 탄자니아에는 거의 없습니다.

작전계획을 짜고 있는 음성을 모두 들은 민호는 반지에서 따뜻한 기운이 흘러나오는 것에 속으로 물었다.

'저길 가자고요?'

인권구호단체로 위장해 물자를 전달하는 행렬에 끼자는 의견. 비숍도 손거울을 터치하니 차라리 자신이 가는 것이 작전 성공률이 높아질 것이라는 같은 의견을 전해 왔다. 물론, 목숨을 담보로 한 작전이 될 것이라는 경고도 함께.

'결정은 이미 났잖아요.'

여기까지 온 이상, 서은하를 구하기 위한 모든 수단은 전부 시도해 보려는 결심은 그대로였다.

"……아무튼, 민호 씨. 상황 정리될 때까지 내 옆에 계속 있으면서 도움을……."

"황 팀장님."

"응?"

"저 가봐야 할 것 같아요."

"어딜?"

"마캄바."

인질들이 수감된 감옥이 있는 지역을 얘기하는 민호의 음성에 황정명의 안색이 흙빛으로 변했다.

달칵.

백악관의 상황실에 직접 보고를 끝낸 에릭이 문을 열고 나왔다. 민호는 그에게 곧장 다가섰다.

『에릭 특사님.』

민호의 부름에 에릭이 고개를 돌렸다.

『혹시 내부정찰과 투치족 언어를 해석해 줄, 백인이 아닌 요원이 필요하지 않으세요?』

에릭이 멈칫했다.

『응급의료에 대해서 전문의 수준으로 알고 있어 구호단체 소속의 의사로 위장하기 딱 좋은 요원이 있는데.』

『……그게 누구지?』

『저요.』

96.
M 슈프리머시 (7)

「탄자니아, 니아루구수」-난민캠프.

동이 터오는 새벽.

투두두두—!

치누크라 불리는 CH-47 헬리콥터가 황톳빛이 가득한 대지 위에 안착했다. 두 개의 프로펠러를 가진 대형헬기의 문이 열리고, 보급품을 잔뜩 들고 있는 사람들이 차례로 내려서기 시작했다.

적십자 마크를 단 의사가운을 걸친 민호는 의약품을 한가득 안고 헬기에 내린 뒤 전방의 난민캠프에 시선을 던졌다.

티 없이 깨끗한 하늘 아래로 수천 개의 천막이 자리한 이곳. 불과 얼마 전까지 이 땅에 서은하가 서 있었다.

『닥터 리. UN 캠프는 이쪽이야.』

앞서 가던 밀스의 음성에 민호는 퍼뜩 정신을 차리고 걸어 나갔다.

짧은 시간 동안 위장 신분에 여권까지 마련해 준 밀스는 간밤의 원한을 억누르고 에릭의 명령을 따르는 상태였다. 민호는 좀 더 나이가 들어 보이기 위해 CIA에서 개발한 최신의 경직용액을 이용해 변장하고 있었다.

인질과 각종 구호품을 교환하는 협상.

잔지바르에서 은거 중인 우체가 지난번에 넘겨주지 못한 2명의 인질을 건네주고, 이쪽은 직접 저들의 캠프로 움직여 구호물품을 전달한다. 그 주체는 국경없는 의사회 소속의 닥터 제임스 리. 여기서 닥터 리는 민호의 가명이었다.

민호는 UN이라는 글귀가 쓰여 있는 막사촌 앞으로 걸어가다 저 멀리서 엄마의 손을 붙잡고 걷고 있는 꼬마 둘을 발견했다.

'어? 디크랑 니아 아니야?'

서은하의 마지막 사진을 신물이 날 정도로 본 까닭에 함께 찍혀 있던 두 꼬마도 본의 아니게 얼굴을 정확히 기억하고 있었다. 인사라도 해주고 싶지만, 지금은 위장신분이었기에 마음으로만 손을 흔들어 주었다.

UN 막사에 가지고 온 플라스틱 상자를 내려놓은 민호의 옆으로 밀스가 다가왔다.

『닥터 리. 한번 밀림에 들어가면, 그때부터는 당신의 판단에 이 구호팀의 생사가 판가름이 납니다.』

군복 차림의 밀스가 딱딱한 말투로 얘기하자, 실제 적십자 소속의 의학 봉사자들이 민호에게 시선을 집중했다. 저들은 자신의 정체를 전혀 몰랐다.

'이건 또 이것 나름 부담되네.'

중립 자격으로 가는 인원들에게 손을 대진 않을 거라는 비숍의 위로에 민호는 굳게 마음을 다잡았다.

「부룬디, 마캄바」-판시르 계곡 입구.

수직에 가까운 산면 사이로 수풀과 나무가 빽빽하게 정글을 이루고 있는 도로 위로 지프 5대의 행렬이 이동 중이었다.

니아루구스 난민 캠프에서 서쪽으로 60km.

선두 차량에 탑승 중인 민호는 나침반을 손에 쥐고, 서은하와의 거리가 이제 고작 1km 남았음을 확인했다.

탄자니아의 국경은 일찌감치 벗어났기에 여기서부터는 누구의 지원도 받을 수가 없었다. 민호는 계곡 출입구를 통제 중인 반군의 초소에 차를 세웠다.

『여권과 소속증명서.』

짧은 영어로 물어오는 병사에게 민호는 영어로 대답했다.

『적십자회 소속 회원들입니다.』

여권 확인을 끝내는 동안, 다른 병사들이 지프 곳곳을 수색하며 무기가 있는지 감청 장비가 있는지를 파악했다. 이곳까지 오면서 이미 두 차례나 검문검색을 당했기에 지프에 타고 있던 인원 모두 익숙하게 받아들였다.

절차가 끝나고 병사가 초소 입구에 손짓했다. 철책이 열리며 안쪽으로 진입하는 비포장 길이 드러났다.

민호는 지프를 몰아 구불구불한 산악도로를 오르며 주변의 지형을 스캔하듯 눈에 담았다.

깎아지른 듯한 절벽 위에 요새처럼 세워진 건물. 저곳 안에 지하에 벙커로 이용되는 장소와 수용소가 있을 터.

'이제 500m.'

지프가 요새 앞의 공터에 속속들이 도착하자, 건물 앞에서 있던 베레모를 쓴 사십 대의 군인이 양팔을 뻗은 채 적십자 봉사자들을 맞이했다.

"Welcome. The doctor everyone."

흉터가 꿈틀거리는 얼굴로 미소 짓는 저 군인이 바로 퉁가였다. 민호는 불끈 주먹을 쥐었다가 풀며, 위장한 의사로서의 연기를 시작하기 위해 감정을 추슬렀다.

'비숍, JB. 실수 없이 움직일 수 있게 잘 부탁해요.'

왼손의 반지와 왼쪽 가슴에 품고 있는 손거울이 동시에 따뜻한 기운을 전해 주었다. 지프에서 의료키트가 담긴 가방을 손에 쥐고 내린 민호는 통가에게 말했다.

『탄자니아 정부의 요청으로 구호물품을 들고 왔습니다. 저는 국경없는 의사회, MSF 소속의 책임자 닥터 제임스 리.』

『반갑소, 닥터 리. 난 이곳의 사령관이오.』

통가가 주위의 부하에게 눈짓하자 지프 트렁크에 실려 있던 각종 의학품들이 차례대로 요새 안으로 운반되기 시작했다.

민호의 옆으로 적십자회 소속의 흑인, 긴급구호 코디네이터 마스덴이 다가왔다.

『닥터 리. 진료막사를 세울 공간은 어디입니까?』

『들으셨죠, 사령관님? 저희 어디에서 시작합니까?』

『이곳이오, 이곳.』

마스덴의 질문에 통가는 요새 한쪽의 넓은 부지를 가리켰다.

『마캄바에 거주하는 투치족의 부족민이 모두 좋아할 거요. 감사하오.』

민호는 알고 있었다. 앞으로 6시간 동안 진행될 이 진료는 부족민을 어르고 달래기 위한 통가의 쇼라는 것을. 직접 두 눈으로 목격하고 나니 가증스러움이 배가 되는 건 어쩔 수가 없었다.

다행히도, 끓어오르는 분노 위엔 비숍의 침착함이 있었다. 분을 착 가라앉힌 민호가 퉁가에게 물었다.

『저는 응급진료 전문의입니다. 특별히 제가 봐줘야 할 환자분이 있습니까?』

『그야 있지 않겠소? 이쪽으로.』

민호는 퉁가의 안내를 따라 요새로 향했다. 바로 등 뒤로 소총을 든 병사 다섯이 따라붙어 압박을 주었기에, 민호는 잔뜩 긴장한 기색을 연기해야 했다.

입구에 멈춰선 퉁가가 고개를 돌렸다.

『그 가방도 검사해야 하오.』

민호는 손에 쥐고 있던 응급키트를 요새 입구의 병사에게 내밀었다. 다른 병사가 민호의 팔과 다리를 꼼꼼하게 수색한 뒤 수상한 물건은 소지하고 있지 않음을 확인하고 물러섰다.

응급키트는 응급키트일 뿐, 다른 건 들어 있지 않았다.

검사가 끝나고, 민호는 흙과 돌로 세워진 요새의 입구로 진입했다. 동서로 길게 파인 참호가 가장 처음 민호의 시선에 들어왔다.

절벽 아래로 접근하는 적들에게 곧장 타격이 가능한 콘크리트 요새. 마치 2차 세계대전을 치르는 중인 것만 같은 병사들의 배치에 비숍과 JB모두 지상으로의 진입은 피해가 막

심해, 공중 침투밖에 경로가 없다고 의견을 건네 왔다.

『우리가 특별한 손님을 보호하고 있는 건 잘 아실 테고. 그들이 이 안에서 얼마나 건강하게 버틸 수 있는지 확인을 해 주셔야겠소.』

대놓고 인질들의 건강 체크를 요구한 퉁가는 지하 수용소로 향하는 돌계단 앞에 서서 안쪽을 가리켰다.

『수니, 닥터 리를 안내해 드려. 나는 진료소 쪽에서 투치족 마을 사람들을 맞이해야 하니까.』

수니라 불린 병사는 다른 병사들과 분위기가 사뭇 달랐다. 민호는 상대가 허름한 군복을 입고 있지만, 혁명군에서 지원받은 NRC의 용병이 아닐까 하는 예상을 했다.

덜커덩.

지하 수용소의 문이 열렸다.

'이 밑에 은하 씨가 있어.'

민호는 떨리는 가슴을 안고 한 걸음을 내디뎠다.

똑.

물방울이 떨어지는 소리에 서은하는 눈을 떴다. 빛이 거의 들어오지 않는 공간에 계속 있다 보면 낮과 밤의 경계가 허물어지는 건 금방이었다.

시간이 어떻게 됐는지, 여기가 어딘지, 옆에 누가 있는지.

서은하는 아무것도 생각하기가 싫어졌다.

'이럼 안 돼. 민호 씨가 겁먹지 말고 기다리라고 했잖아.'

머리를 콩 쥐어박은 서은하는 정신을 똑바로 차리기 위해 눈을 부릅떴다.

—은하 씨 만나러 금방 갈 겁니다.

환상처럼 떠오르는 민호의 목소리.

—금방 갈게요. 가서 은하 씨가 보고 싶어 하는 이 얼굴 실컷 구경하게 해줄게요.

'뭐라는 거야, 민호 씨는. 여기가 어디라고.'

사실…… 믿기진 않았다. 아무리 대단한 민호 씨라지만, 여긴 그녀조차 어딘지 알 수 없는 아프리카의 오지였다. 이곳까지 그가 올 수 있다는 건 기적이 아니면 불가능한 일.

서은하는 흐르는 눈물을 닦아내고, 기운을 차렸다. 지난밤 들었던 민호의 목소리가 아직도 귓가에 생생히 남아 있는 이상, 버틸 힘은 충분하니까.

『레아.』

『으음…….』

자신의 옆에서 머리를 기대고 있는 레아도 기력이 없기는 마찬가지였다. 휴대폰과 무전기를 재조립해 연락을 취할 때까지만 해도 무언가 해야 할 일이 있고, 방법이 있을 것이란 희망에 불타 있었으나, 그 작업이 끝난 지금은 무기력하게만 앉아 있는 그녀.

『레아. 괜찮아요?』

『왜에?』

『아니에요. 혹시 기절했나 불러봤어요.』

이 음성에 고개를 든 레아는 힘없는 웃음을 지었다.

『은하 없었으면 이 안에서 어떻게 버텼을까 싶어.』

『그건 저도 마찬가지예요.』

피부색과 문화가 전혀 다름에도, 함께 있어 준다는 것만으로 이렇게나 의지가 된다는 것. 서은하는 이 옆에 민호가 있었다면 얼마나 더 의지가 됐을까 문득 궁금해졌다.

덜컹. 끼이익.

수용소 복도 저편의 문이 열리는 소리에 서로 간에 기대어 앉아 있던 서은하와 레아가 움찔 놀랐다.

『식사 시간은 아니잖아?』

『또 통신으로 생사 확인 같은 거 하려는 걸까요?』

그렇게 궁금증을 느낀 채로 철창 밖을 내다보고 있는 그녀들 앞으로, 흰 가운을 입은 누군가가 모습을 드러냈다.

"Hello. I'm Doctor."

흑인 병사들이 득실거리는 틈에서 전혀 생각할 수 없었던 청량감이 맴도는 목소리에 서은하의 시선이 복도를 향했다. 어두컴컴한 복도에 불이 밝혀지자 서른 중반으로 보이는 동양인의 얼굴이 보였다.

갑자기 쏟아진 빛에 눈을 찌푸렸다 다시 뜬 서은하는 동양인의 얼굴이 매우 익숙하다는 것에 이상함을 느꼈다.

'헛것이 보이는 거야, 나? 나이든 민호 씨가 저기 있잖아.'

라고 생각한 그 순간.

"저 왔어요, 은하 씨."

동양인의 목소리는 나직했다. 서은하는 잘못 들었나 싶어 되물었다.

"미, 민호 씨?"

뒤편에서 발소리가 들려오자, 동양인이 입가에 손가락을 올리고 '쉿'하는 동작을 해 보였다. 그리고 영어로 말했다.

『지금부터 건강 체크를 하겠습니다. 협조를 해주셔야 저도 여기서 무사히 나갈 수 있습니다. 저는 국경없는의사회 소속의 닥터 리입니다.』

동양인의 외침에 옆방에 갇혀 있던 남자 배우 세 사람도 정신을 차리고 복도에 시선을 돌렸다.

철창의 문이 일제히 열렸다.

동양인의 뒤편으로 무장한 병사 넷이 도열한 가운데, 진료가 시작됐다.

민호는 의료 가방을 감옥 안쪽에 내려놓고, 복도를 향해 말했다.

『수니 대장님. 같은 동양계 사람이니 편하게 모국어로 진료하겠습니다. 이렇게 열악한 곳에 갇혀 있다면 자세히 진료하지 않으면 어떤 병증이 있을지 모르거든요.』

이 말에 수니가 짧게 고개를 끄덕였다.

아까부터 눈물을 글썽이며 앉아 있는 서은하에게 다가간 민호. 고초를 겪어 초췌해진 그녀를 보고 있자니 가슴 한구석에 가시가 박힌 듯 아파져 왔다.

'은하 씨.'

드디어 만났다. 긴긴 시간 그리워하고 보고팠던 그녀를.

민호는 서은하의 앞에 앉아 부드럽게 미소를 지었다.

그녀는 아는지 모르겠다. 이곳에 오기까지 자신이 겪은 그 수많은 과정을 다른 이들은 결코 있을 수 없는 일이라고 생각한다는 것을. 그러나 민호는 결코 자신의 행동이 기적 같은 것이 아니라고 말해 주고 싶었다.

이 안에 갇혀 매일 울었을 서은하가 자신을 움직이게 해준 힘이고, 그녀가 이렇게 무사히 살아 있음을 확인한 것이 바로 기적이다.

"어떻게……."

많이 놀란 듯 보이는 서은하가 더듬더듬 말을 이었다.

"어떻게 여기 온 거죠?"

"혈압 체크부터 할게요."

가방에서 펌프식 혈압기구를 꺼내 서은하의 팔에 두르며, 민호가 아주 작게 속삭였다.

"장단을 맞춰줘요. 연기한다고 생각하고. 저는 연인을 구하러 위장 침입한 특수요원이고, 그쪽은 그 연인."

그리고 목소리를 높여 물었다.

"다친 곳이나 아픈 곳 있어요?"

서은하가 고개를 도리도리 흔들었다. 기구와 이어진 펌프를 조작하며, 혈압수치를 보는 척하는 상태로 민호가 빠르게 말했다.

"묻고 싶은 게 많겠지만, 아직 확답은 못 해요. 그래도 여기 있는 모두를 구하기 위해 정말 많은 사람이 노력하고 있다고, 저 가고 난 다음 모두에게 꼭 전해줘요."

"그럴게요."

"그리고 이거. 꼭 끼고 있어요."

민호는 혈압기구를 빼다가 왼손에 걸고 있던 반지를 서은하의 손에 슬쩍 넘겨주었다.

'JB. 그녀를 지켜줘.'

서은하는 난데없이 반지를 받아 들고 눈이 커졌다. '이 상황에 청혼하는 거예요?'라는 의문에 설렘과 황당이 뒤섞인 눈길.

이 상황에 집안 능력이 어떻고, 그 반지가 능력이 뛰어난 유품이니 뭐니를 말해 수 없기에 민호는 챙겨두라는 눈빛만 보내고 일어섰다.

근 20여 일 만의 해후는 아쉽게도 여기까지. 이제는 수니의 눈치를 보느라 더 서은하와 대화를 나눌 수가 없었다. 옆에 앉아 있는 레아에게 다가간 민호는 본래 이곳에 온 위장 역할을 수행하기 위해 본격적인 행동을 개시했다.

『레아. 어디 아픈 곳 있어요?』

『당신은…….』

『없나 보네.』

민호는 혈압기구를 레아의 팔에 감다가 수니가 옆방의 수감자들에게 눈길을 보내는 것을 확인하자마자 빠르게 말했다.

『당신이 생각하는 그 사람이 맞아요. 블레이크가 안부 전해달라고 하더군요.』

『세상에.』

『진정하세요.』

민호는 레아의 혈압수치를 보고 말했다.

『많이 낮네요. 저혈압이에요. 현기증 같은 건 안나요? 식사를 제대로 안 해서 혈당 수치가 떨어진 것 같은데. 일단…….』

민호가 의료가방에서 수액을 꺼냈다.

『이것 좀 들고 있어 주세요.』

서은하에게 수액 봉지를 쥐여 준 뒤, 레아의 팔에 관을 이어 바늘을 꽂았다.

『최소 1시간은 맞아야 해요. 그래야 기력이 좀 생길 거예요.』

레아 역시 민호가 위장한 상태임을 알고 고개만 끄덕여 주었다.

본격적인 응급진료에 들어가자 수니의 감시가 느슨해진 것을 느낀 민호는 서은하가 지난번에 언뜻 말했던 외벽에 손을 대보았다.

'역시. 이 너머는 애장공간이야.'

시야가 암전되며, 안쪽의 통신시설에서 급히 무전을 치는 한 사람의 얼굴이 머릿속을 스쳤다.

–싱가니아! 무모한 짓 그만 둬!

–지금 가지 않으면 요새가 함락됩니다.

싱가니아 추장이 젊었을 시절, 그에게 작전 명령을 하달 중인 저 통신병이 아마도 이곳을 애장공간으로 만든 주인인 듯 보였다. 아직도 어딘가에 살아 있었기에 따로 길들이는 과정이 필요 없이 서은하가 자신과 연락할 방법을 찾아낼 수 있었다.

민호는 추억 속에 보이는 통신병에게 감사를 보내다 멈칫했다. 이 벽 너머의 애장공간이 산 아래로 이어지는 지하 터녈과 연결되어 있는 모습이 추억 속에서 엿보였다.

'이것도 상황실에 보고해 둬야겠어.'

수니가 다시 노려보듯 등에 시선을 던지는 것을 느낀 민호는 자리에서 일어났다.

『여기 진료는 마무리됐습니다.』

옆방으로 움직인 민호는 얼굴이 퉁퉁 부어 있는 한 배우를 발견하고 눈을 찌푸렸다. 오기 전에 납치된 배우들의 신상정보를 전부 외워두었기에 니콜라스 블룸이라는 영국 배우라는 것은 확인했다.

『이분 상태는 왜 이런 겁니까?』

『쓸데없이 반항했다.』

민호가 묻자 수니는 상대가 대들어 사령관이 폭력을 행사했음을 당연하다는 듯 언급했다.

『염증이 심하네. 세균 감염은 없지만, 절대적인 안정이 필요합니다. 이곳 말고 깨끗한 방은 없어요?』

『그 안에서 버틸 수 있게 치료해.』

최임혁의 응급의학 지식을 갖고 있음에도 한숨이 나올 수밖에 없는 처지의 니콜라스였다.

『아프겠지만, 참아요.』

혹시 모를 감염을 대비해 광범위 항생제 주사를 놓고, 얼굴에 바를 수 있는 연고를 넘겨준 민호는 다른 두 배우, 멜빌과 덩차오에게도 간단한 치료를 끝마쳤다.

『나와. 문을 닫겠다.』

민호는 방 밖으로 걸어 나왔다. 철문이 다시 쿵, 닫히는 것을 지켜보며 조작 스위치가 있는 복도 끝의 기계박스에 시선을 던졌다.

옛 요새의 수감시설이기에 전자식이 아니라 수동이었다. 열쇠만 있으면 누구든 열 수 있는 구조. 만약 특수부대가 진입해도 30초면 인질을 꺼낼 수 있으리라고 생각됐다.

복도를 걸어 지하 수용소를 나서던 민호는 서은하가 있는 방에 고개를 돌렸다. 레아에게 흘러들어 가는 수액 봉지를 들고 있던 서은하가 민호와 시선을 마주쳤다.

찰나였지만, 따뜻한 시선이 얽혔다.

"레아랑 술 먹지 마요."

민호가 작게 중얼거리자 서은하의 입가에 약간의 미소가 걸렸다.

복도의 문을 열던 수니가 고개를 돌려 찌릿한 시선을 보냈다.

『뭐라고 한 거지?』

『힘내라고. 심신이 불안정한 환자에게 의사로서 반드시 해줘야 할 말이었습니다.』

『오해가 있나 본데, 우린 저 인질을 해칠 마음 없어. 의사까지 요청해 줬다고.』

'아직은 없는 거겠지.'

복도의 문이 닫히고, 수용소 안에 다시 암흑이 찾아왔다.

수액 봉지를 손에 쥔 채 넋이 나간 얼굴로 앉아 있던 서은하는 반지에 시선을 던졌다.

'꿈 아니지? 민호 씨가 정말 날 보러 왔어…….'

누워 있던 레아가 물끄러미 서은하를 올려다보았다. 그리고 갑자기 떠오른 생각에 물었다.

『아까 그 남자, 설마 은하가 말했던 그이야?』

『네, 제 애인이에요.』

이렇게 말하고서도 여기서 민호를 만났다는 것이 도무지 믿어지지가 않아 서은하는 뺨을 꼬집어보았다.

『미스터 M이 은하 애인이었다고? 세상 참 좁네.』

『미스터 M?』

생전 처음 듣는 듯한 호칭에 서은하가 고개를 갸웃했다.

『은하의 그이가 마카오 얘기 안 해줬나 봐?』

레아는 블레이크를 언급하려다 그만두었다. 반지를 손에 쥐고 있는 서은하의 표정에서 행복한 무언가를 감지했기 때문이었다.

여자의 직감으로 이건 백프로 블레이크의 패배.

『그 반지는 뭐래? 약혼?』

『저도 잘 모르겠어요. 마음의 준비는 못 했지만…….』

서은하는 내심 그래도 좋다고 고개를 끄덕이는 자신에 놀랐다.

'맞다, 꼭 끼고 있으라고 했지?'

다른 손가락은 헐렁했기에, 서은하는 반지를 왼손 엄지에 착용했다.

'어어?'

서은하는 귀가 화악 밝아지는 느낌이 들어 눈이 커졌다. 들려오는 모든 소리가 머릿속에 선명하게 기억되는 것만 같은 신기한 느낌에 정신없이 주위를 둘러보았다.

무려 1분간이나 지속된 현상.

이런 생각을 하는 자신이 우습지만, 방금의 1분 동안 들은 물방울 떨어지는 소리의 횟수와 초당 간격까지 정확하게 되새길 수 있을 것 같다는 자신감이 생겨났다.

갑자기 반지에서 따뜻한 기운이 흘러나와 서은하는 움찔 놀랐다. 난로도 아니건만, 왼손 엄지 주위가 정말 따뜻했다. 그 기운이 팔을 타고 전신에 퍼지자 서은하는 흐릿했던 생각이 또렷하게 정리되는 기분이 들었다.

지하 수용소의 순찰 교대 시간은 90분. 약 2분의 교대시간 동안 무기를 탈취해 이곳을 빠져나갈 수 있는 계획이 순식간에 떠올랐다 사라졌다.

마치 저 외벽에 손을 댔을 때와 비슷한, 그녀가 모르는 경험을 토대로 마구 떠오르는 감정과 생각들.

'이상해. 왜 이렇게 마음이 편한 거지? 민호 씨를 봐서일까?'

인질로 붙잡혀 있다는 사실을 잊어버릴 만큼, 서은하는 안정을 찾아갔다.

간이 진료막사에 길게 늘어서 있는 줄.

민호는 요새에서 나와 3시간째 투치족 마을 사람들을 진료하는 일을 돕고 있었다.

이들이 가진 병은 심각한 것은 아니었다. 대부분 위생 상태와 기아 때문에 벌어지는, 인도적 지원이 필요한 국가의 국민이 겪는 질병들이었다.

영양실조 상태의 어린아이들에게는 한쪽에서 포도당 투입 치료를 시행 중이었고, 전염병을 예방하기 위한 접종과 경구용 콜레라 백신을 나눠주는 작업도 계속됐다.

민호를 제외한 나머지는 실제로도 이런 활동을 해온 의사들이었기에 익숙해 보였다.

『가슴이 너무 아파요, 선생님.』

친구의 부축을 받은 중년 남성이 줄을 서지 못한 채 이렇게 얘기했다. 투치족 언어였기에 민호는 못 알아듣는 척을 해야 했으나, 한눈에 병세가 심각한 것을 보고 몸이 움찔 반응했다.

『숨을 못 쉬겠어요. 제발, 살려주세요.』

무시해야 했다. 여기서는 튀지 않는 편이 좋으니까. 그러나 민호는 서은하가 왜 이곳에 인질로 갇히게 된 건지를 생각하고 마음을 고쳐먹었다.

『마스텐. 이 자리 좀 맡아 주세요.』

민호는 코디네이터를 호출한 뒤에 가슴을 부여잡고 있는 흑인에게 다가갔다.

『일단 저 침대에 누우세요.』

『선생님. 숨 쉴 때마다 아파요.』

『기흉이 있으신 것 같아요. 증세를 살펴봐야 하니까 윗옷 좀 벗어 주세요.』

유창한 투치족어에 민호의 자리를 대신해 앉고 있던 마스텐이 놀란 얼굴로 고개를 돌렸다. 민호는 저 멀리 보이는 병사들을 가리키며 조용히 해달라는 미소를 지어 보였다.

수술용 장갑을 손에 낀 민호는 최임혁의 응급지식을 활용해 누워 있는 흑인 환자의 상태를 자세히 살폈다. 본래의 금고털이용으로 지니고 있던 청진기를 환자의 가슴에 댔다.

폐가 쪼그라들었다 펴지는 소리.

'아주 심각한 건 아니지만 아프겠어.'

『환자분. 지금부터 주사기로 늑막강의 공기를 뺄 겁니다. 따끔할 거예요.』

환자는 무슨 치료인지는 몰라도 고개만 끄덕였다.

민호는 빈 주사기를 들고 점자시계를 터치했다. 정확히 기포가 발생한 폐 부위를 진단한 뒤에 바늘을 꽂았다. 푸슉, 하는 소리와 함께 고통에 잠겨 있던 환자의 얼굴에 안정이 돌아왔다.

『또 이런 치료를 할 수는 없어요. 외상성 기흉이니까 최소 15일은 안정을 취하셔야 해요. 숨은 천천히 깊게 들이 마시고, 통증이 느껴지지 않더라도 뛰거나 격한 움직임은 자제하세요.』

나직이 주의사항을 얘기하는 민호를 고맙다는 듯 바라보는 환자. 환자를 데리고 온 친구도 옆에서 감사하다는 얼굴이 되어 연방 고개를 끄덕였다.

그렇게 응급치료를 끝낸 민호는 생각했다.

이런 사람들을 돕고자 이 지역을 찾아온 서은하. 혁명군의 사주를 받은 통가가 난민캠프를 습격해 긴장상태를 유발한 덕분에 그녀처럼 아름다운 마음씨를 품은 봉사단체의 활동은 제약을 받을 수밖에 없게 됐다.

국제사회의 지원을 거부하고 수뇌부의 이득만 챙기려는

이기심. 그것에 대항하는 가장 옳은 수단은 이 방법뿐이다.

계속해서 돕고, 또 돕는 것.

죄를 지은 건, 저들이 아니다. 내전의 아픔으로 고통받는 이들을 위해, 민호는 잠시 위장임무를 잊은 채 진짜 의사처럼 활동하기 시작했다.

오후 4시경 임시 진료막사가 철거됐다.

지프에 올라탄 민호에게 퉁가가 다가왔다.

『MSF 의사는 여럿 만나봤지만, 당신처럼 뛰어난 실력을 갖춘 사람은 처음 봐. 그 정도면 당신네 나라에서 의사 일을 해도 부자가 되지 않나?』

『돈 때문에 하는 일은 아니니까요. 저희가 가져온 콜레라 예방약. 여름이 되기 전에 최대한 배포해 주세요.』

민호의 당부에 퉁가가 씩 웃었다. 시동을 거는 민호에게 퉁가가 말했다.

『앞으로도 자주 볼 것 같군. 우리 손님들도 건강해졌고.』

『저도 그러길 바랄게요.』

지프가 출발하자 퉁가는 손을 번쩍 치켜들고 흔들어 보였다.

97.
M 슈프리머시 (8)

「탄자니아, 다레살람」-UN 사무국 대책 상황실.

상황실 외벽의 화상 통신용 모니터 안에 두 사람의 얼굴이 있었다.

한 명은 막 마캄바 요새에서 무사히 복귀한 민호. 다른 한 명은 투치족 마을에서 비밀 통신을 시도 중인 싱가니아였다.

-요새의 진입로에 무장한 인원 20명. 요새 안쪽의 벙커에는 최소 50여 명으로 파악됐으며, 도로가 아닌 곳에는 부비트랩이 깔려 있어 지상으로의 진입이 불가능해 보였습니다. 대전차무기와 폭약으로 가득한 상자들도 눈에 띄었고…….

민호의 자세한 보고는 한참이나 이어졌다.

-대책 위원회가 퉁가의 요구를 있는 그대로 계속 들어준

까닭에 기만전술은 제대로 먹혀들었습니다. 사령관의 기고만장함이 고스란히 느껴졌거든요.

에릭은 고개를 끄덕이다 옆 화면의 싱가니아에게 물었다.

『우리의 작전계획에 협조할 생각이 있으십니까?』

「이미 외부 거점 병력의 대다수가 나를 지지하고 있다. 퉁가는 마캄바에 고립되고 있어. 오늘 밤이 지나면 이 사실을 확실히 알게 되겠지.」

싱가니아의 투치족어는 민호가 실시간으로 통역해 들려주었다.

『퉁가가 고립되는 순간 인질은 위험해집니다.』

「그렇다 해도 이건 멈출 수가 없다. 내가 복귀한 걸 퉁가도 눈치채고 있어. 여기서 움츠리면 투치족 내에서 또 다른 내전이 일어날 거야.」

민호의 통역에 에릭은 나직이 중얼거렸다.

『결국, 오늘 밤이 지나기 전에 강행해야 한다 이거네.』

에릭의 시선이 마캄바 주위의 정보지도로 향했다. 구출작전이 시작되면, 전면전이 펼쳐져 아군 측의 피해도 심각해질 가능성이 크다. 인질이 요새에 있는 한, 가장 정확한 최신의 폭발무기 일체를 사용할 수 없으니까.

화력지원 없는 지상침투전은 구출 성공 가능성이 희박하다. 전사자가 나오지 않을 확률은 아예 제로.

-특사님.

그때, 화면 속 민호가 고심하는 에릭에게 시선을 던졌다.

-계곡 뒤편에 터널이 하나 있습니다. 그곳으로 먼저 특수 부대가 진입해 인질을 확보하면, 전면전을 펼칠 시간이 나올 것 같은데요.

『터널?』

-싱가니아 추장님. 그 터널에 대해서 말씀 좀 해주세요.

민호의 말에 싱가니아가 요새의 구조에 대한 설명을 이어 나갔다.

「……하지만 곳곳에 무너진 곳도 있고. 길을 찾기가 쉽지 않을 것이다. 그 터널 공사에 참여했던 시절의 병사들은 이제 늙고 거의 다 죽었어.」

투치족어였기에 민호의 통역을 기다리는 사람들. 민호는 아무렇지도 않게 말을 이었다.

-제게 그 길에 대해 자세히 알려주겠다고 하네요. 한번 봤으니까 기억하기 쉬울 거라고.

『미스터 M. 그곳에 또 가겠다 이건가?』

-정찰을 했고, 그곳 사정을 잘 아는 건 저뿐이잖아요. 앞에 가서 얘기해야 안내하기도 편할 테니까요.

『회의를 해봐야겠군.』

구출작전이 실패하면 전면전은 보류. 향후 지지부진한 장기 인질협상 체제로 들어가야 하겠지만, 그것만이 인질의 안전을 보장할 길이라는 대책 위원회의 심각한 회의가 이어졌다.

한쪽 구석에 앉아 있던 황정명은 사지로 자꾸만 뛰어드는 민호의 선언에 고개를 휘저으며 혀를 찼다.

「부룬디, 마캄바」–판시르 계곡, 후면 절벽.

새벽 1시.

개조된 험비가 정차했다. 미 특수작전사령부 소속, 델타포스 구출 팀 4명은 어둠을 틈타 신속하게 절벽 근처로 이동했다. 작전명 '침묵의 구원' 임무 완수를 위해 이곳을 찾은 그들은 지역 안내를 맡은 한 사람이 험비에서 뛰어내려 뒤따라오는 것에 약간의 의아함을 느꼈다.

왼팔에 적십자 마크가 있는 봉사활동 단원 차림의 동양인이 완벽한 무장을 갖춘 델타포스 앞에 섰다.

구출 팀 책임자 폴센이 민호에게 물었다.

『안내만 한다고 하지 않았습니까?』

『터널 안은 복잡해요. 타격 예정시간 전까지 정확한 방향을 찾지 못하면, 구출 팀까지 고립될 겁니다. 수용소와 맞닿은 외벽까지 함께 이동해 드릴게요.』

민호가 손에 쥐고 있는 나침반을 본 폴센은 상부에서 저 동양인의 의견을 최우선으로 따르라는 지시를 받았기에 잠자코 앞장서는 그를 뒤따랐다. 그리고 민호가 손에든 저것이 CIA의 특수요원이 사용하는 최신의 기계장치이길 빌었다.

절벽 아래, 수풀로 가려진 틈에 녹슨 철책과 함께 문 하나가 나타났다. 과거 장갑차량의 통로로 이용됐을 만큼 큰 문이었으나 지금은 아무도 통행하지 않아 막혀 있는 곳이었다.

『절단하겠습니다.』

『잠시만요.』

민호는 목에 청진기를 걸더니 철문에 붙어 자물쇠 부분을 살펴보았다.

『열 수 있겠네요. 수리장비 가방 하나만 줘보세요.』

폴센이 팀원에게 눈짓했다. 수리킷에서 날카로운 핀셋 두 개를 꺼낸 민호가 자물쇠를 순식간에 해체했다. 구출 팀은 그 덕분에 덜커덕거리는 소음만으로 문을 통과했다.

『가요, 이제.』

『계속 앞장서실 거라면 야간 투시경을 하나 지원해 드리겠습니다.』

『괜찮아요. 잘 안 써본 거라 거치적거려서.』

민호가 한국어로 'JB도 없고'라고 중얼거렸다.

『하지만 닥터 M. 앞은……』

터널 안쪽은 완벽한 어둠이었다. 플래시를 비출 수도 없기에 폴센은 민호의 말에 거듭 의아함을 느꼈으나, 어둠 속을 빠르게 내달리기 시작하는 민호의 뒤를 따르느라 미처 말을 이어나갈 수가 없었다.

터널은 음습하고 어두컴컴했다.

곳곳에 토사가 쌓여 막혀 있는 미로와 같은 곳. 그러나 민호는 거침없이 길을 찾아 이동했다. 구출 팀원들은 실제로 민호의 안내가 없었다면 통로를 숙지하고 있어도 상당한 시간이 소요됐으리라 판단할 수밖에 없었다.

그렇게 쉬지 않고 통로를 지나던 민호가 주먹을 들어 올리고 자세를 낮췄다.

뚜벅뚜벅 걷는 소리가 위쪽에서 희미하게 들려왔다.

『요새 지하에 거의 다 왔어요.』

민호는 벽을 더듬다가 통신시설이 있던 장소를 찾아내고 안쪽을 가리켰다.

먼지가 쌓이다 못해 흙투성이가 되어버린 옛 시설로 구출 팀이 진입했다. 민호는 서은하가 수감된 수용소와 맞닿은 외벽으로 움직여 귀를 대보았다.

'감옥에 없네.'

치익.

—구출 팀. 현재 인질들 생사 확인을 위해 통가와 통신 시

도 중이다. 탈출 경로 확보되었나?

『확보 중. 인질이 수감된 감옥 외벽에 접근했다.』

작전 사령부에서 폴센에게 전달된 무전. 점자시계를 사용 중인 민호도 이것을 들었기에 나침반을 손에 쥐고 방향을 곧바로 가늠해 보았다.

한층 위에 있는 30m 거리의 방 안. 서은하는 그 지점에 있었다.

'현재 시각 1시 35분. 싱가니아 추장님의 야간 공습은 2시. 비숍, 어떻게 생각해요?'

초행길을 이동한 터라 올라오는 데 많은 시간이 소요됐다. 미처 빠져나가지 못했을 때 전면전이 벌어지면 그것이야말로 최대의 위기 상황이었다.

민호는 통신시설 위쪽의 환풍구에 눈을 돌렸다. 인질의 생사 확인이 끝나고 지하 수용소 복도의 문이 열리는 시간이 최적의 타이밍이다. 그리고 그것을 맞추려면 구출 팀과 인질 사이에서 신호를 통해 연계해 줄 사람이 필요했다.

『폴센 대장님.』

『네?』

『제가 신호하면 벽을 바로 폭파해 주세요. 안쪽 감옥은 문이 동시에 열리는 구조라, 그 틈에 모든 인질이 이 안으로 피신할 수 있게요.』

『어쩌려는 겁니까?』

민호는 위쪽의 환풍구를 가리켰다.

『작전의 기본은 정찰이잖아요. 복도 쪽에서 대기하고 있어야죠.』

구조를 알고 있는 건 민호뿐이기에 폴센은 차마 대신하겠다고 말할 수가 없었다. 이곳까지 올라오며 민호가 보여준 움직임은 결코 일반인이라 할 수 없는 것들뿐이었기에 작전을 같이할 수 있겠다는 신뢰도 어느 정도 쌓였다.

『설치해 놓겠습니다. 무기는 필요 없으십니까?』

폴센이 델타포스가 휴대 중인 장비를 얘기했다. 민호는 비숍의 손거울을 손에 쥐고 그의 장비를 쭉 훑었다. 방독면에 방탄조끼, 소음기가 달린 HK416 카빈 소총, 최루탄과 섬광폭음탄까지. 어차피 JB의 반지가 없어 제대로 사용을 못 한다.

『아, 혹시 모르니까 섬광탄 하나만 주세요.』

통신 장비가 가득한 방 안.

서은하는 한밤중에 모두를 불러낸 이 상황에 무언가 전과는 다른 이질감을 느끼고 있었다.

통신기 앞에 앉아 있는 흉터를 가진 사령관의 얼굴에 여유가 보이지 않는 것이 첫째. 부하들도 잔뜩 경계의 날을 세우고 총구를 들이대고 있는 것이 둘째.

마지막은 이유는…….

놀랍게도 그냥 직감이었다.

'나 자꾸 왜 이러는 거지?'

무전기를 손에 쥔 사령관의 부하가 인질 한 명 한 명에게 접근해 살아 있음을 밝히라고 닦달했다. 지난번, 레아가 얻어맞고 바닥을 뒹군 것을 목격했기에 남자 배우들 쪽에선 반항이 없었다.

부하가 레아의 앞에 섰다.

『말해.』

그러나 레아는 당당했다. 부하를 노려보며 아무 말 하지 않는 그녀. 어차피 몸값 때문에 자신을 붙잡고 있는 거, 죽이기야 하겠느냐는 무언의 시위였다.

『레아…….』

옆에 서 있던 덩차오가 제발 참아 달라는 눈빛을 보냈다.

부하가 사령관에게 고개를 돌렸다. 지시를 바라는 눈빛. 사령관은 본때를 보여주라는 듯 고개를 끄덕였다. 부하가 손을 번쩍 치켜들었다.

레아는 꿋꿋하게 시선을 던졌으나 잠시 뒤 찾아올 고통에 대비해 이를 악물었다.

휘익!

그 장면을 지켜보고 있던 서은하는 찌릿한 무언가가 반지에서 피어올라 몸속을 스치는 것을 느낌과 동시에 그녀도 모르게 팔을 뻗고 말았다.

탁, 하고 부하의 손목을 잡아채 버린 서은하.

"어어?"

서은하는 소스라치게 놀라 붙잡았던 손목을 풀었다.

반사적으로 눈을 질끈 감았던 레아도, 고작 여자의 가녀린 손목에 팔을 휘두르는 것이 막혀 버린 부하도 잠시 동안 영문을 모르겠다는 표정이 됐다.

『이것들이…….』

부하가 '감히 날 막아?' 하는 눈길로 서은하를 노려보았다. 그리고 사령관의 지시를 충실히 따르기 위해 서은하의 뺨을 휘갈기려고 더욱 강하게 팔을 휘둘렀다.

찌릿.

또다시 반지에서 전류처럼 몸을 스치는 기운.

서은하는 고개를 숙여 부하의 손길을 피했다. 뒤이어 왼손을 뻗어 그의 목을 가격하고, 오른손 팔꿈치로 명치를 강타하는 연속 동작을 눈에 보이지 않을 속도로 해냈다.

타닥, 하는 타격음과 함께 부하가 바닥을 뒹굴었다.

"엄마야……."

정작 부하를 제압한 서은하가 가장 놀라 눈이 휘둥그레

졌다.

『뭐야?』

통신대에 앉아 있던 사령관이 놀라 벌떡 일어섰다. 인질들 뒤에 서 있던 네 명의 병사들이 일제히 총구를 들어 올리자 통신대 안에는 일촉즉발의 긴장감이 맴돌았다.

『죄, 죄송해요. 갑자기 때리려 들어서 저도 모르게…….』

서은하가 즉시 사과하며 양손을 들어 올렸다. 사령관은 바닥에 쓰러져 끙끙거리는 부하를 성난 눈길로 바라보았다가 무전기를 손에 쥐고 직접 걸어왔다.

『수니. 지금 장난할 시간이야?』

레아에게 무전기를 들이댄 사령관이 말했다.

『전부 죽는 꼴 보기 싫으면 말해.』

『레아예요. 들려요, 거기?』

『서은하입니다.』

인질의 생사 확인을 끝낸 사령관이 무전기를 쥐고 곧바로 말을 이었다.

『싱가니아와 그를 추종하는 부대원들의 정보. 몸값 천만 달러. 다음 교환조건은 이것이다.』

사령관이 인질들을 다시 가두라고 부하에게 눈짓했다.

'JB. 적당히 하라고.'

민호는 환풍구에 숨어 안쪽을 엿보다 서은하가 병사 하나를 순식간에 쓰러트리는 광경에 신음을 삼켰다. 그녀의 보호를 부탁했더니, 딱 그녀만 보호해 주는 JB의 움직임.

아마 전면전이 벌어져도 저 틈에서 탈출할 수 있을 것이란 생각이 들었으나, 그렇게 되면 다른 인질들의 안전은 보장할 수가 없었다.

방 안에서 나온 인질 일행이 아래층으로 향하는 계단으로 가는 것이 보였다.

기어온 환풍구에서 즉시 빠져나온 민호는 그대로 복도로 뛰어내려 계단 쪽을 살폈다. 그리고 이 시간을 위해 사용하지 않고 준비해 둔 회중시계를 손에 쥐고 기회를 엿봤다.

째깍째깍.

그 어느 때보다 실패해선 안 될 미래였다. 민호는 보고 또 봐 최대한 모든 변수를 머릿속에 담았다.

'하나, 두울…….'

민호는 섬광탄의 안전핀을 뽑아 지하 수용소 복도로 던지며 외쳤다.

"은하 씨! 눈 감아요!"

팅팅, 계단을 굴러 내려간 섬광탄이 순간 사방으로 흰빛을 뿜어대며 번뜩였다.

계단 옆에 몸을 숨기고 있던 민호는 그 즉시 아래로 뛰어

내려갔다. 병사 넷이 눈을 붙잡고 고통에 젖어 있는 가운데, 서은하를 제외한 나머지도 인질도 갑작스러운 시야 테러에 정신을 차리지 못하고 있었다.

『폴센! 폭파!』

치이익, 하고 폭탄의 심지에 불이 붙는 소리가 민호의 귓가에 들렸다.

『모두 자세 낮춰요!』

민호의 외침에 레아가 가장 먼저 몸을 숙였고, 남자 배우들도 눈을 찡그린 가운데 자세를 낮췄다.

"민호 씨. 대체……."

서은하는 민호에게 시선을 돌렸다가 계단 아래 정신을 차리고 일어나는 병사를 보았다. 그녀는 의도치 않았으나 몸이 먼저 반응해 몸을 날렸다.

무릎으로 병사의 명치를 찍어버린 서은하는 자신의 행동이 이해가 가지 않아, 쓰러트리고 나서야 비명을 질렀다.

쿠구구구!

감옥 내부의 외벽에 폭파로 인한 연기와 돌조각이 치솟았다. 서은하는 움찔 놀라 고개를 숙였다가 민호의 발목을 붙잡으려는 병사를 발견했다.

민호는 복도 입구의 기계조작장치를 열어 스위치를 아래로 끌어내렸다. 드르륵거리는 톱니 돌아가는 소리와 함께 철창이 일제히 열렸다.

"민호 씨! 아래!"

서은하의 경고에 바닥을 본 민호는 발목을 잡아채는 병사의 공격에 앞으로 쓰러졌다. 그사이 위쪽 복도에서 폭발 소리를 듣고 병사들이 몰려오는 것이 느껴졌다.

'문부터 닫아야 해.'

민호는 낑낑거리며 병사를 발로 차 뿌리치고 일어났다. 그리고 지하 수용소의 문을 닫았다. 병사가 바닥에 흘려둔 AK 소총을 문 걸이에 꽂아두는 사이, 뿌리쳤던 병사가 자세를 바로하고 민호에게 달려들었다.

'크으.'

이때만큼 JB가 절실하게 그리운 때가 없었다.

"은하 씨, 폭발 잔해가 사라지면 그곳으로 사람들 데리고 이동해요!"

민호는 이렇게 소리치고 다가오는 병사를 태클하듯 밀쳤다.

찌릿.

민호를 돕기 위해 움직이려던 서은하는 남아 있던 두 병사가 시야를 회복하고는 것을 발견하고 위기를 직감했다.

"안 돼에—!"

당황에 찬 외침과는 달리, 서은하의 몸은 자동으로 반응해 움직였다.

복도의 벽을 밟고 뛰어올라 한 병사에게 강하게 한 발을 휘둘러 해롱거리게 만든 뒤, 다른 병사의 목을 휘감아 돌며 그대로 바닥에 하강했다.

쿵, 하는 소리와 함께 균형을 잃은 병사가 바닥과 충돌했다. 쓰러진 병사가 그럼에도 공격하려 들자, 무의식적으로 왼 주먹을 날렸다. 상대의 코뼈가 우두둑거리며 부서지는 것이 느껴져, 서은하도 "아악!" 하는 비명을 질렀다.

폭발에 몸을 숙이고 있던 레아는 서은하가 3명을 때려눕히는 광경을 목격하고 두 눈을 의심해야 했다.

계단 위쪽에서 한 병사와 뒹굴고 있는 민호를 구하기 위해 서은하가 달려가는 모습까지 보고 나니, 지금껏 한국의 여리게 생긴 배우와 함께 갇혀 있던 것이 아니라, 위장한 CIA 요원과 함께 있었던 것은 아닌가 하는 착각이 들 정도였다.

민호는 흑인 병사의 주먹을 피해 고개를 숙이다 상대의 무르팍에 가슴을 얻어맞고 숨이 턱 막혀왔다. 정확하게 급소에 일격을 때려 넣는 기술이란 건, 확실히 제대로 훈련받은 요원들만 할 수 있는 동작이었다. 이 정도로 정신없는 와중에 그걸 떠올리고 적용하기란 보통 사람이 되어버린 지금 쉽지 않은 일이었다.

바닥에 쓰러져 컥컥거리는 민호에게 흑인 병사가 비릿한

미소를 지었다. 군화 밑창을 들어 올려 짓밟듯 찍어왔다.

'제길.'

억지로 몸을 피하며 반격을 꾀하려는 민호의 눈앞에 휙 스쳐 지나가는 그림자가 있었다.

"민호 씨!"

서은하는 민호를 밟기 위해 앞으로 몸을 기울이는 병사의 목덜미를 붙잡더니 그 힘을 그대로 이용해 업어치기로 바닥에 내리꽂았다.

'헐…….'

JB의 민첩함에 유도 공인 2단의 기술이 합쳐진 무시무시한 공격. 병사는 입에 거품을 물고 혼절해 버렸다.

"민호 씨, 괜찮아요?"

서은하가 민호에게 다가와 그를 부축했다. 민호는 거친 숨을 몰아쉬며 자리에서 일어났다.

쿵쿵!

상층부에서 달려온 병사들이 뒤편의 문을 두드리는 소리가 들려왔다.

철컥.

총을 장전하는 소리.

민호는 서은하의 팔을 붙잡고 그대로 계단 아래로 뛰었다.

타다다다다!

문 전체에 잔뜩 구멍이 났다.

『진입 완료. 칼, 세스. 복도 엄호해.』

폴센의 구출 팀이 돌무더기를 뚫고 감옥 안으로 들어왔다.

민호는 서은하와 함께 구출 팀의 엄호범위 안으로 뛰어들었다. 그리고 폭파로 생겨난 구멍에 진입했다.

『탈출해요, 지금!』

판시르 계곡으로 진입구.

치익.

-인질 확보 완료. 폭격 시작합니다.

싱가니아는 델타포스로부터 전해 받은 무전기에서 들려온 음성에 확성기를 손에 쥐고 전방을 향해 입을 열었다.

공습경보를 알리는 사이렌이 계곡 전체를 휩쓸고 울려 퍼졌다.

『퉁가. 넌 고립됐다. 무기를 버리고 투항하면 네 부하에게는 자비를 베풀어 주마. 이 목소리를 듣고 있는 투치족 전사들은 들어라. 난 추장 싱가니아. 너희는 잘못된 사령관의 인도로 멍청한 짓을 벌이고 있어. 지금 즉시 무기를 버리고 투항해.』

슈아아아앙—!

하늘 저편에서 붉은 연기를 내뿜으며 미사일 두 기가 요새의 기관총 포탑에 적중했다. 연이어 수십 발의 소형 미사일이 발사되어 벙커 곳곳의 무장병력이 자리 잡은 위치에 정밀 타격을 벌였다.

싱가니아는 서방의 무시무시한 화력의 상징인 블랙호크 무리가 저 먼 하늘에서 천천히 접근 중인 것을 확인하고, 민병대원들에게 외쳤다.

『대규모 공습이 끝나면 진격한다. 목표는 투치족의 배신자 퉁가의 확보. 항복하는 동포는 무장해제를 확인했을 경우에만 포로로 받는다. 단, 혁명군의 특수부대 NRC는 보이는 즉시 사살!』

수백의 민병대원들이 진격을 준비했다.

싱가니아는 절벽 반대편에 서서히 떠오르고 있는 수송용 헬기에 시선을 돌렸다.

구출된 인질들이 타고 있을 비행기. 자신을 투치족 거점까지 안전하게 복귀할 수 있게 도와준 코레아 부족의 영웅도 저기에 타고 있다.

비정부기구와 협력해 부족민을 지원하는 방법, 문호를 적당히 개방해 인권을 신경 쓰는 것이 테러집단으로 몰리는 것보다 훨씬 국제 사회에서 이득을 취할 수 있다고 설파하던 그.

그가 정성껏 알려준 부족의 운영법은 열강과 이 일의 배후

였던 혁명군 틈에서 와해 직전이었던 투치족을 일으켜 세울 기초가 되어줄 것이다.

싱가니아는 진격 직전, 이 지역을 떠나는 헬기를 향해 손을 뻗었다.

"쉬카모, M."

98.
M 슈프리머시 (9)

「부룬디, 상공」-CH-47 내부.

민호는 폭발음과 불꽃, 연기가 한가득한 판시르 계곡에 시선을 던졌다.

인질이 무사히 빠져나온 이상, 미 특수부대가 대거 투입된 저 전면전의 결과는 뻔했다.

싱가니아와 교환했던 일본의 배우. 어제 낮에 교환에 성공한 두 배우. 그리고 이 헬기에 타고 있는 다섯의 배우. 피랍 사건은 이들이 무사히 복귀하는 것으로 마무리됐다.

민호는 자신의 품에 안겨 있는 서은하에게 고개를 돌렸다. 이 체온. 얼마나 그리웠던가.

"은하 씨."

"네."

"다친 데 있어요?"

"없는 거 같아……."

서은하는 그녀도 모르게 흑인 병사에게 달려들어 코뼈를 부러트린 왼쪽 손등의 피부가 찢어져 있는 것을 발견했다. 잔뜩 긴장한 탓에 아픔이 이제야 느껴졌다.

"으휴. 적당히 하라니까, JB."

민호가 옷자락 찢어 서은하의 손에 감아주는 사이, 그녀가 되물었다.

"JB?"

"아, 그런 친구가 있어요."

민호는 이렇게 말하다 앞으로 숨겨야 할 이유가 없음을 깨닫고 서은하에게 말했다.

"은하 씨, 그 반지 말인데요. 어제 그걸 준 건……."

"좋아요."

"네?"

대뜸 대답하는 서은하에 민호는 뭐가 좋으냐는 듯한 시선을 보냈다.

"청혼한 거 아니었어요? ……어머, 아니었어요?!"

순간 민호는 할 말을 잃었다. 아니라 하기에도 뭣하고, 그렇다 하기에도 애매한 상황.

"그게요, 은하 씨."

지레짐작하고 대답해 버린 서은하가 부끄러운 듯 고개를 푹 숙였다. 민호는 그런 그녀가 귀여워 어깨를 부드럽게 토닥이며 웃었다.

집안과 아이에 대한 얘기는 이렇게 시끄러운 헬기 안이 아니라 안전지역에 내려서 해도 충분하다.

"그거 제가 평소에 차고 다녔던 거잖아요. 임시 약혼반지였어요. 앞으로 매일매일 보답해 달라는 의미로."

"무슨 보답이요?"

"이거요."

민호는 그대로 서은하의 입술에 입을 맞췄다.

가볍게 키스만 할 생각이었는데, 서은하가 갑자기 목을 휘감고 떨어지지 않으려 했다. JB가 술수를 부렸다는 것이 느껴졌으나, 민호는 이 행복한 감촉에 주위의 시선을 아랑곳하지 않고 키스를 즐겼다.

둘의 애정행각을 가만히 지켜보고 있던 레아는 탈출 직전 보았던 서은하의 날렵한 모습이 자꾸만 아른거려 고개를 흔들었다.

영화 속에서 레아는 여전사가 되어 이런 상황을 연기한 적이 있었다. 위기를 겪는 와중에 뜨겁게 고백하고, 사랑하고, 키스하는. 그때는 이런 상황이 실제로는 존재하지 않을 것이라 막연히 상상했었다.

『있었네, 그런 게.』

싱긋 웃은 레아는 동이 트는 창밖으로 눈을 돌렸다.

「탄자니아, 다레살람」─UN 협회 사무국.

5일 전보다 보도차량이 두 배로 늘어난 UN 건물 앞 도로는, 새벽부터 전해진 소식에 특파원들의 열띤 취재 열기로 인산인해를 이루고 있었다.

『레아 테일러 외 배우 8인이 피랍된 지 10일. 인질 전원이 무사히 복귀 중이라는 기쁜 소식을 전하게 됐습니다. 대책위원회는 간밤의 비밀 작전으로 남아 있던 5인을 구출하는데 성공했고, 당초 부룬디 반군으로 알려진 납치범이 NRC 출신의 무장세력이었다는 새 정보를 발표했습니다. 아루샤에 있는 임시사법재판소에서 NRC 무장세력의 수장 퉁가에 대한 재판도 곧 있을 것이라고…….』

한국의 대사 손이국은 차 안에서 전화기를 붙든 채로, 진입조차 힘들어진 거리에 시선을 돌렸다.

"황 부장님. 서은하 씨와 강민호 씨는 아직 난민캠프에 남아 있다는 얘기입니까?"

─두 분이 그렇게 원하셨습니다. 아직 못다 한 일이 있다고. 이렇게 도망치듯 떠나게 되면 어느 누구도 이 난민캠프

에 신경 쓰지 않을 거라는 뜻을 전해와 저로서는 도저히 말릴 수가 없었습니다.

"하…… 제가 다 부끄러워지는 두 분의 뜻입니다. 한국 외교부에는 제가 전달하겠습니다."

—왜인지는 모르겠지만, 두 분 경호에 CIA 작전 팀 전원이 동원됐으니 걱정은 안 해도 된다는 소식도 함께 전달해 주십시오.

「탄자니아, 니아루구수」—UN 봉사단 캠프지구.

흙먼지 가득한 거리에 온갖 색이 모여들었다.

아이들의 알록달록한 옷에 봉사단원들의 회색 제복, 전통옷 캉가를 입은 여인들과 이름 모를 부족의 화려한 액세서리. 여기에 물 항아리를 서로 정답게 나눠 든 가족이 안고 가는 희망의 빛까지.

민호는 캠프에 짐을 챙기러 들어간 서은하를 기다리며, 난민캠프를 살폈다가 임시 진료소에 잔뜩 몰려있는 행렬에 시선을 던졌다.

비록 피부색 다를 지라도, 여기나 한국이나 푸른 하늘과 그 위에 떠있는 구름을 마음껏 볼 수 있다는 건 마찬가지였다.

'다들 행복하게 지내길 빌게요.'

서은하에 비하면 아주 짧은 봉사활동이었으나, 이건 이것 나름대로의 보람이 있었다.

근처의 헬기장에 내려 다레살람으로 향하는 또 다른 수송편에 바로 탑승하지 않은 건, 사실 서은하에게 길게 전할 말이 있기 때문이었다.

임신 사실을 전해 들은 서은하는 잠시 충격에 빠진 것 같았지만, 그 이상했던 경험들이 모두 아이 때문이었음을 알고는 금세 회복해 오히려 행복해하는 눈치였다.

아직은 애장품이나 유품에 깃든 주인과의 교감이 전혀 없어 아이가 자신을 지켜줬다고 여기는 모양이지만, 앞으로 10개월 동안 애장품을 활용하며 제대로 경험을 쌓게 될 테니 차차 알아갈 문제였다.

자신은 옆에서 그걸 지켜주면 그뿐.

"무중구! 무중구!"

민호는 스와힐리어로 '외국인'을 뜻하는 말을 내뱉고 달려오는 두 흑인 꼬마에게 시선을 돌렸다.

동생 니아의 손을 붙잡고 천막 앞까지 걸어온 디크. 둘은 서은하를 찾는지 주위를 두리번거렸다.

『꼬마야.』

민호가 디크의 앞에 한쪽 무릎을 꿇고 앉아 눈을 맞췄다.

『은하 씨 금방 나올 거야. 옷도 갈아입고 샤워도 좀 한다니까 기다려 줘.』

『어, 우리말 잘하네요?』

『내 얘기 못 들었어? 내가 은하 씨 애인이야.』

민호가 험험, 하고 옷깃을 세우며 당당히 선언하자 디크의 눈이 왕방울만 해졌다.

민호는 약간의 질투를 보이는 녀석을 보고 자신의 예상이 틀리지 않았음을 깨달았다. 역시, 사내는 어딜 가나 다 똑같은 법이지.

니아가 민호에게 다가왔다.

『나 언니에게 선물 줄 거야.』

좀 더 나이가 어린 니아의 목소리는 조곤조곤했다.

『언니 금방 나올 거니까 조금만 기다리렴.』

디크를 상대할 때보다는 훨씬 친절한 눈빛이 된 민호는 앞니 두 개가 없는 니아가 귀여워 머리를 쓰다듬어 주었다.

『아저씨도 선물 볼래?』

『뭔데? 내가 봐도 되는 거야?』

니아가 다 낡은 동화책 하나를 민호에게 내밀었다.

'이게 뭐지?'

동화책을 열어보니 페이지는 전혀 없고, 구멍이 뻥 뚫려 있었다.

민호는 그 구멍 아래로 니아가 고개를 들이밀며 방긋 웃는 것을 보았다. 꽃받침을 하듯 양손을 턱에 댄 니아는 동화책 내용은 없지만, 앙증맞은 목소리로 원래 동화책에 있었던 이야기를 들려주기 시작했다.

『옛날 옛날에 개구리 왕자가 살았어.』

글자는 없어도 마음으로 전해지는 구연동화는 한동안 민호의 눈과 귀를 사로잡았다.

부족한 물자에 부족한 식량, 부족한 주거지. 여긴 안타까운 내전 상황에 척박한 땅까지 쫓겨난 사람들이 살고 있는 도시였다. 그러나 이곳에 사는 저 아이는 어느 나라에서나 볼 수 있는 순수함을 지녔다.

사람 사는 건 다 똑같다는 것. 민호는 괜스레 저 꼬마에게 미안해졌다.

『어때?』

『최고의 선물 같구나.』

민호는 니아를 향해 대견하다는 듯 엄지를 치켜세웠다.

차륵.

"오래 기다렸죠?"

닫혀 있던 천막의 문이 열리고 머리가 젖어 있는 서은하가 걸어 나왔다. 그녀는 두 꼬마를 발견하고 함지박만 한 미소를 지었다.

"디크! 니아!"

두 꼬마가 서은하의 품에 안겼다.

휴대폰 사진 속에서 내내 보았던 세 사람의 모습. 민호는 그 상황이 다시 눈앞에 펼쳐지는 것에 뿌듯함을 느꼈다.

『미스터 M.』

굵직한 목소리가 들려와 민호는 고개를 돌렸다. 자신들 때문에 난데없이 경호임무를 부여받은 밀스였다.

『밀스 팀장님. 저희 곧 출발할게요. 갑자기 이런 일을 벌여 죄송해요.』

『이 전화부터 받아.』

밀스가 팔뚝 굵기의 위성전화를 민호에게 내밀었다.

『저한테 전화요? 누구지?』

『미합중국의 대통령께서 당신에게 감사를 전하고 싶어 한다. 에릭 부국장님의 보고를 받고, 바로 당신을 찾으셨어.』

무뚝뚝한 밀스의 음성.

민호는 그 말 속에 담긴 무게감에 흠칫 놀랐다.

『여, 여보세요?』

–반갑네, 미스터 M.

실감이 잘 나지 않았다. 뉴스에서만 보아왔던 그 대통령의 목소리라니. 평생 가문의 영광이 될 이 통화. 윤환은 결코 이런 거 못 해봤을 거라고 민호는 확신했다.

한 마디 한 마디를 놓칠세라 최대한 미 대통령의 목소리를 귀에 담아 두었다.

나중에 서은하의 배 속에 있는 아이에게 이 일을 들려주며 윤환보다 더욱 멋진 아빠의 모습을 자랑해야겠다는 생각이 들었다.

「한국, 인천」-인천공항 입국 게이트.

공 매니저는 새벽부터 밴을 끌고 나와 인천공항으로 이동해 온 상태였다.

입국장 앞쪽 게이트는 기자들과 그들의 카메라맨들로 초만원이었기에 접근할 엄두가 나지 않았다.

근처에 차를 멈춘 채 휴대폰을 들었다. 민호에게서 온 문자를 열어 도착 예정 시간을 재차 확인했다.

'오전 8시라. 1시간 남았네.'

이륙 직전, 서은하와 비행기 좌석에 다정하게 앉아 있는 사진까지 보내온 민호의 얼굴은 편안하고 행복해 보였다. 공 매니저는 안도의 한숨과 함께 가슴을 쓸어내렸다.

'무사하셔서 천만다행이야. 그나저나 서은하 씨와 사귀고 있었다니. 내 감도 참 무뎌졌어.'

담당 연예인의 스캔들을 철저히 관리해야 하는 매니저 입장에서는 안타까운 일이지만, 공 매니저 개인으로는 환영할 일이었다. 두 사람이 무척 잘 어울린다는 건 예전부터 느끼고 있었으니까.

아직 시간의 여유가 충분했기에 공 매니저는 잠시 휴대폰 인터넷 창을 열어 기사를 검색해 보았다.

【강민호, 서은하 귀국 임박!】

【마지막까지 봉사활동 일정을 소화하려 한 두 사람에 UN 관계자들 갈채를 보내…….】

【로이터 통신, 강민호&서은하를 '세기의 연인'이라 부르다.】

【강민호, 인질 구출작전에 중요한 역할 수행?】

【사라졌던 강민호의 7일, S호텔 기자 회견장에서 공개 예정.】

"온통 민호 씨 얘기뿐이네."

포털 사이트 검색어는 따로 눌러볼 필요도 없었다. 10위권 내에 강민호가 포함되지 않은 검색어는 존재하지 않았으니까.

공항 내부의 상점 가판대에 놓인 조간신문의 헤드라인도 죄다 민호와 서은하의 얼굴이 박혀 있는 것을 확인한 공 매니저는 어제의 사건으로 대한민국이 들썩였다는 것을 또다시 실감했다. 공항 내부의 대형 TV에서 흘러나오는 뉴스의 관심사도 마찬가지였다.

TV에서 '속보'라는 글귀를 본 공 매니저는 밴 앞에 장착된 내비게이터의 채널을 돌려, DMB로 바꿨다.

《QBS 뉴스 투데이》

–탄자니아에서 방금 들어온 속보를 전해드리겠습니다.

앵커의 음성과 함께 화면 아래 '납치된 배우 전원 무사 구출 확인'이라는 자막이 떠올랐다.

–부룬디 무장조직 NRC에 잡힌 배우들을 구해낸 비밀작전의 개요가 오늘 대책위원회의 기자회견장에서 공개됐습니다. 미군 특수부대와 투치족 자치정부가 탄자니아 시각으로 어제 새벽 2시, NRC의 지하벙커를 급습해 치열한 교전을 벌이는 영상도 함께 공개됐는데요, 그 긴박했던 구출과정을 손승민 특파원이 취재했습니다.

화면이 전환되어 다레살람 UN 건물 앞에 서 있는 기자의 얼굴이 나타났다.

–이곳은 세계의 이목이 쏠려 있는 탄자니아 다레살람입니다. 8개국 대책위원회가 공개한 작전 진행 영상부터 보시겠습니다.

나이트 비전으로 촬영된 카메라 화면 속. 어두운 절벽 아래 보이는 옛 군사시설로 요란한 총격 소리와 폭발이 이어지는 장면이 흘러나왔다.

–무장조직의 거점으로 불길이 일어납니다. 군인의 엄호를 받은 인질 5명이 지하 벙커를 탈출해 황급히 빠져나갑니다.

헬기 앞에서 대기 중인 병력의 호위를 받으며 인질이 연이어 탑승하는 장면에 이어, 적십자 마크의 봉사활동복 차림을 한 검은 머리 사내의 등이 잠시 스치고 지나갔다.

–인질 구출작전은 싱가니아가 이끄는 부룬디의 민병대와 미 육군 최정예 특수부대 델타포스가 함께 전개했습니다. 대책 위원회는 지원이 끊기고 고립된 무장조직이 인질 모두를 살해할 것이라는 정보를 입수하고 이날의 작전을 강행했습니다.

영상이 바뀌어 작전 투입경로가 그려진 지도가 나타났다.

–블랙호크 등 침투용 헬기 12대에 나눠 탄 특수부대원 80명이 무장조직의 벙커를 급습하는 사이, 정면에서 민병대의 엄호사격. 여기에 작전개시 후 인권구호단체 회원으로 위장 잠입해 있던 특수요원이 인질을 안전하게 인도해 나온다는 계획은, 놀랍게도 이 지역의 언어와 사정에 능통한 한국인 K씨가 최초 제안한 것으로 확인됐습니다.

기자들로 둘러싸인 UN 사무국 건물의 모습이 드러났다.

–K씨는 한국 배우 서은하의 피랍 사실을 전해 받은 직후,

그녀를 구하기 위해 직접 탄자니아로 이동해 왔다고 밝혔습니다. 취재 결과, K씨는 오래전 이 지역에서 발굴 활동을 했던 아버지의 영향으로 아프리카어를 배우게 됐고, 부룬디의 사정을 잘 알게 됐다고 합니다.

대책 상황실의 회의 영상으로 바뀐 화면에 살짝 흥분한 특파원의 목소리가 입혀졌다.

–뛰어난 분석력을 바탕으로 타국의 납치된 배우들까지 무사히 구해내는 데 큰 공을 세워, 대책 위원회를 구성 중인 7개국의 외무부에서 입을 모아 K씨에게 감사의 뜻을 표했습니다. 오늘 오전 기자회견에서는, 자국민의 안전을 지켜준 것에 대해 미 대통령이 직접 K씨에게 전화를 걸어 노고를 위로한 것이 밝혀져 현지에서도 큰 화제가 되고 있습니다.

미국의 국기와 델타포스 마크에 이어 한국의 국기가 큼지막하게 나오는 전형적인 애국심 강조 화면이 이어졌다.

–부룬디 안의 NRC 무장조직은 이번 작전으로 완전히 소탕된 것으로 확인됐으며, 홀리사리오 전선의 사령관은 다시는 이런 일이 발생하지 않도록 앞으로 싱가니아 민병대와 긴밀하게 협조해 내전을 종식하겠다는 성명을 발표…….

안전하게 헬기에서 내리는 인질 5인의 모습을 끝으로 특파원이 최종 멘트를 이었다.

–……지금까지 다레살람에서 QBS 손승민입니다.

멍하니 뉴스를 보고 있던 공 매니저는 특파원의 보도로 나온 'K씨'가 민호일 것이라 생각하지 않을 수가 없었다. 방금 보도에 대한 기사를 뒤져보니 댓글 역시 마찬가지였다.

ㅡ가…… 갓민호. 부룬디 부족 언어는 또 언제 배운 거래?
ㄴK가 강민호라는 증거 있어?
ㄴ상식적으로 생각해 봐. 서은하 구하러 저 밀림 한복판까지 날아간 한국인이 또 있냐?
ㄴ국정원 무시하는 부분? 마티즈 배달 각 ㅇㅈ?
ㅡ울 민호 오빠 맞거든요? 퀴즈쇼 우승할 때부터 팬이었답니다. 아프리카어 통역은 취미로 하시는 거구요.
ㅡ미촤버리겠다. 같은 남자가 봐도 왤케 멋지냐. 나도 내 여자가 위기에 처하면 구하러 저렇게 달려가고 싶다.
ㄴ일단 여자부터 구하는 게 우선 아닙니까?
ㄴ님, 저 남자 좋아하는데헷♡~
ㅡ미국 대통령 부럽다…… 강민호랑 통화했잖아.

지이잉.

휴대폰이 울리며 '강민호'라는 이름이 떠오르자 공 매니저는 얼른 통화 버튼을 눌렀다.

"민호 씨—!"

—어휴, 귀청 떨어지겠어요. 저희 도착했는데 일단 안쪽 로비에서 기다리고 있다가 다른 입구로 빠져나가야 할 것 같아요.

"안 그래도 이곳에 기자가 너무 많아서 미리 연락을 드리려고 했습니다. 뒷문 주차장에 대기하고 있겠습니다."

—네, 30분 정도 있다가 나갈게요.

입국 심사장 한쪽의 VIP 전용 라운지에 들어와 있던 민호는 통화를 끝내고 서은하에게 고개를 돌렸다.

"한국뿐만 아니라 중국하고 일본 기자들까지 몰려들어서 난장판이래요. 경호원으로도 감당할 수준이 안 된다고."

"그래도 얼굴 보여야 하는 거 아니에요?"

"KG에서 공식 기자회견장 잡아 둬서 괜찮아요. 그리고 안 돼요, 은하 씨 놀라면. 우리 아이도 거기 있는……."

무의식적으로 서은하의 배를 지켜보던 민호는 그녀와 눈이 마주치자 곤란한 듯 헛기침부터 했다.

서은하가 붕대를 감고 있는 그녀의 왼손 주먹을 내밀었다.

"별로 안 놀랄걸요? 저 이 주먹으로 병사들 막 때려잡은 거 기억 안 나요? 그때도 응원해 주는 기분이었다고요."

기억이 안 날 리 없다. 자신이 한 사람을 붙들고 끙끙거릴 때, 그녀는 대번에 둘을 제압하고 미칠 듯한 업어치기로 자신이 상대하던 적까지 기절시켰으니까.

“아무튼 기자들의 몸싸움 정도는 가볍게 돌파할 수 있을 것 같은 기분이 들어요. 요렇게.”

서은하가 민호의 옷깃을 붙잡고 업어치기를 준비하는 동작을 선보였다.

그녀가 바짝 다가서자 상큼한 냄새가 확 풍겨와 민호의 얼굴이 붉게 달아올랐다. 어젯밤 같은 방에서 지내고, 오늘 아침도 같은 샴푸와 비누를 사용했음에도 이렇게 기분 좋은 향기가 느껴지는 건 왜일까?

그녀를 끌어안고 밤을 지낼 날이 앞으로 많을 것이기에 천천히 알아가야겠다고 생각하며 민호는 흐뭇한 미소를 지었다.

“민호 씨.”

“네?”

“오늘치 보답.”

쪽, 하고 가까이 붙은 김에 입을 맞춰준 서은하가 웃으며 물러섰다. 이렇게 적극적인 그녀도 나쁘지 않다고 느끼던 민호는 고개를 휘휘 젓고 말했다.

“은하 씨가 느끼는 지금 그 기분은 아이가 아니라 JB 때문일 거예요.”

“JB? 그 친구요?”

"반지 주인."

"'가짜'로 '청혼'해서 저 설레게 했던 이 임시 약혼반지의 주인이라고요?"

어째 앞의 말이 무척 강조되는 서은하의 대답이었다.

"그, 그때는 상황이 급해서……."

"농담이었는데 민호 씨 왜 그렇게 당황해요?"

요원의 반지를 아직도 착용 중인 서은하의 얼굴에 장난기 가득한 JB의 환영이 스쳤다.

그녀는 애장품을 활용하기 시작한 지 고작 며칠밖에 되지 않았기에 JB의 성향에 잘 휘둘리는 경향이 있었다. 자기 손이 다치는 줄도 모르고 주먹질을 할 만큼.

민호는 그렇다고 그녀에게 반지를 빼달라 부탁하기엔 아직 불안이 가시질 않았다.

'기자들이 취재 경쟁하겠다고 달려들면, 그냥 뼈 부러뜨리고 합의금 물지 뭐.'

VIP 라운지 밖에서 뚜벅뚜벅 걸어오는 소리가 들려오고 문이 열렸다. 경호원 복을 입은 건장한 체격의 사내가 들어와 말했다.

"이동 경로 확보됐습니다. 그리고 공항 지하 주차장 쪽에 서은하 씨의 부모님이 와 계시다는 연락을 받았습니다."

이 말에 민호는 심장이 덜컹 내려앉았다. 올 것이 왔다.

"그쪽으로 가시겠습니까, 아니면……."

"당연히 만나 봬야죠. 은하 씨, 빨리 가요. 두 분 걱정하시겠어요."

민호는 먼저 이렇게 대답하고 서은하에게 손을 내밀었다.

"저 반장님한테 최소한 전치 8주는 나오겠죠?"

떨고 있는 민호의 손을 부드럽게 감싸 쥔 서은하가 대답했다.

"아빠가 화내시면 저도 옆에서 같이 혼날게요. 이건 민호 씨와 저 반반씩 책임이 있는 거잖아요."

"은하 씨까지 전치 8주면 큰일 나는데."

"설마요. 저는 약하게 혼나겠죠."

자리에서 일어난 서은하가 싱긋 웃었다.

"그래도 민호 씨 입원하면 계속 옆에 있어 줄게요."

"……."

민호는 서은하가 차고 있는 JB의 반지를 흘끔 보고 고개를 저었다.

'태교에 안 좋아. 얼른 약혼반지 사서 교환해야겠어.'

"은하야!"

주차장에 나선 직후, 민호는 눈물이 그렁그렁 맺혀 있는 서은하의 어머니와 마주쳤다.

"엄마!"

한달음에 달려간 서은하가 임효주를 끌어안았다. 서로 포옹한 채 아무 말도 잇지 못하는 모녀. 그런 그녀들 옆에서 목발을 짚고 있던 서철중이 조용히 등을 토닥여 주었다.

"엄마, 아빠……."

고생 끝에 돌아온 딸을 따뜻하게 맞이하는 부모님을 보고 있자니 민호도 마음이 촉촉하게 젖는 기분이 들었다. 그리고 슬쩍 고민해 보았다.

'은하 씨 임신 사실을 지금 말하는 건 분위기 깨는 짓이겠지? 기왕 죽을 거 하루만 더 있다 죽자.'

오늘은 온전히 지냈으면 하는 작은 소망을 바라고 있던 민호에게 서철중이 갑자기 고개를 돌렸다.

"민호 군."

"네엣?"

속마음을 들켰을까 놀란 음성으로 반문한 민호는 재빨리 표정을 관리했다.

"말씀하세요."

성큼 다가온 서철중이 민호에게 손을 뻗었다. '어떻게 아셨지?' 하는 기색으로 움찔하는 민호. 그러나 예상과 달리 서철중은 민호의 손을 굳게 붙잡았다.

"고맙네. 내 딸을 이렇게 무사히……."

서철중은 붉어진 눈시울을 감추기 위해 하늘을 한차례 올려다보고 눈을 꾹 감았다. 다시 고개를 내린 그는 담담히 말을 이었다.

"무사히, 아무 탈 없이 가족 품에 돌아올 수 있게 도와준 거. 정말 고맙네. 평생 잊지 않겠어."

"아닙니다. 제가 해야 했을 일이었어요."

시간이 흐른 뒤, 자신의 능력과 집안에 대한 일을 반장님께도 말하게 될 날이 올지는 모르겠지만, 이건 정말 자신이 해야 했던 일이었다. 싱가니아가 죽고, 대책위원회가 퉁가와 NRC의 손아귀에서 계속 놀아났다면 서은하의 무사복귀는 불확실해졌을 테니까.

어쨌든 서철중이 임신 사실을 들은 것이 아니라, 서은하의 구출작전에 일조한 것에 감자의 뜻을 전하려 했음을 알고 민호는 안도했다.

"……그리고 말이야, 민호 군."

민호는 또 무슨 말을 하시려고 그러는지 불안 불안한 눈으로 서철중을 보았다.

"보통 사람은 이런 일에 목숨을 걸고 나서지 못해. 자네가 보여준 그 용기와 능력. 개인적으로 감탄했네. 평생 은하를 맡겨도 되겠다 싶어."

"저, 정말이십니까?"

이렇게까지 신뢰를 받다니. 이것이야말로 '내 딸을 자네에게 주겠네'와 다를 바 없는 말 아닌가? 감격한 민호가 막 '장인어른!'을 외치며 임신 사실을 고백하려고 하던 때였다.

"앞으로는 통금 시간을 완화해 주겠네. 마음껏 데이트하게나."

"아…… 통금이요."

맥이 쫙 빠지는 말이었다. 민호는 딸 바보 형사반장과 개방적인 가치관 사이에 자신이 감히 건너지 못할 아주아주 커다란 강이 있음을 통감한 뒤에 시무룩하게 고개를 숙였다.

"싫은가?"

"그럴 리가요! 감사합니다, 반장님!"

그동안 쌓아왔던 긴장이 한꺼번에 풀려서인지, 부모님을 봐서인지, 어머니를 내내 끌어안고 있던 서은하가 펑펑 울기 시작했다. 그 바람에 임효주 여사도 덩달아 철철 눈물을 흘렸다.

"우리 은하, 앞으로도 잘 부탁하네."

민호의 손을 한 번 더 굳게 잡고 두드려준 서철중이 다시 모녀에게 다가갔다.

"임 여사. 그만 좀 울어. 사람이 이렇게 많은데. 은하 너도 뚝."

"애 다그치지 마. 그 먼 타국에서 얼마나 놀랐겠어."

"한두 살 먹은 애도 아니고."

"여.보."

임효주 여사님의 낮은 이 한마디에 서철중은 즉시 입을 다물었다.

지이잉.

민호는 주머니 속 휴대폰이 울려 손에 들었다.

–귀국했어?

윤환의 목소리.

"네, 왔어요. 아버지 손자도 무사히요."

–수고했다.

눈앞에 보이는 반장님의 가족에 비하면 참으로 무뚝뚝한 대화일 뿐이지만, 민호는 이런 쿨한 아버지인 것에 오히려 만족했다.

아프리카 한복판에서 정신줄을 끝까지 놓지 않을 수 있던 원동력은 윤환의 이런 변함없는 모습을 닮은 자신이 있었기 때문이었다.

언제쯤 아버지를 뛰어넘을 수 있을지에 대한 고민이 무의미해질 정도로, 아버지는 자신을 보호해 주는 거대한 울타리이자 존경의 대상이었다.

"사랑합니다, 아버지."

–유품 더는 안 준다.

"그래도요."

전화 너머로 싱겁게 웃는 듯한 기색이 느껴졌다.

–그 아가씨 이제는 네 능력에 대해 다 알고 있는 거야?

윤환이 물어왔다. 민호는 가족들 틈에 서 있는 서은하에게 고개를 돌렸다.

그녀에게는 아직도 해줄 말이 많았다.

이런 집안의 여인이 된다는 것의 무게감. 제대로 된 청혼조차 하지 못했는데 너무 큰 짐을 안겨주는 건 아닌가 싶지만, 이미 물은 엎질러졌고 아이를 낳기 전까지 최대한 그녀를 위하는 길을 찾는 것이 최선이었다.

"빠른 시일 안에 찾아뵐게요. 은하 씨에게 대충 말해놓긴 했는데, 자세한 건 아버지를 통해 듣는 게 낫겠다 싶어요."

–준비하고 있으마. 무리할 필요는 없어. 병원도 들러 보고. 천천히.

"네."

통화가 끝나자마자 공 매니저로부터 전화가 왔다.

–민호 씨, 어디십니까?

"여기 지하 주차장 쪽으로 와주시겠어요? C–3번 구역이에요."

–가자마자 바로 탑승하셔야 할 것 같습니다. 몇몇 기자가 이 밴을 알아보고 따라 오는 중입니다.

"그래요?"

민호는 서은하가 겨우 울음을 멈춘 채로 진정하는 것을 지켜보다가 급히 말했다.

"공 매니저님. C-2에서 대기해 주세요. 제가 그리 갈게요."

공식 기자회견에 굳이 서은하까지 함께 데려가 심리적인 부담을 쌓을 필요는 없겠지.

'집에서 편히 있어요. 금방 끝내고 올 테니까.'

서은하에게 문자를 남긴 민호는 경호원에게 눈짓해 바로 옆 동의 주차장으로 이동을 시작했다.

S 그랜드 호텔 행사장은 잠시 후에 있을 기자회견을 위해 대기 중인 기자들로 만원 세례였다. 커튼 뒤에서 대기 중이던 임소희는 국내 언론은 물론이고, 해외 유수의 언론사들까지 한자리를 차지하고 앉아 있는 모습을 확인하고 혀를 내둘렀다.

요즈음 화제를 몰고 다니다 못해, 이 순간만큼은 전 세계의 이목을 집중시키고 있는 강민호를 취재하기 위한 열기.

소속사 사장 입장에서는 막대한 광고자금을 퍼 담아도 다시 오지 않을 기회였으나, 한편으론 걱정이 일었다.

대기실에서 잠깐 본 민호는 더는 연예계 생활에 미련이 없는 듯 해탈한 모습이었다.

돈을 아무리 더 준다고 해도 신경 쓰지 않을 것 같은 그 분위기에 임소희는 어쩌면 마음의 준비를 해야 할지도 모르겠다는 생각을 했다.

'일 년. 아니 그 이상을 쉰다고 해도 반드시 계약은 유지하고 기다려야 해.'

임소희는 KG 사장의 직권을 무리하게 이용해서라도 편의를 봐줘야 재계약에 유리하리라 판단했다. 강민호라는 인물에겐 그럴 만한 가치가 충분하니까.

"사장님."

대기실에서 나온 민호가 커튼 뒤로 걸어왔다. 임소희는 11시를 가리키는 시계를 확인하고 민호에게 말했다.

"기자들이 민감한 질문을 해오면 절 보세요. 제가 대신 대답해 빠르게 넘길게요."

"괜찮을 거예요."

"서은하 씨가 빠져서 민호 씨가 기자들에게 받을 스트레스가 훨씬 심해졌어요."

"알아요. 일부러 그녀 없이 왔는걸요."

민호는 씩 웃었다. 그 정도의 스트레스는 혼자서 충분히 감당할 수 있다는 의연한 모습에 임소희는 더는 주의를 시키지 않고 말없이 고개를 끄덕였다.

파바바밧—

플래시가 끝없이 터지는 회견장 앞에 마련된 의자에 민호가 앉았다. 그가 마이크를 붙잡자마자, 임소희가 미처 통제를 못 할 정도로 질문 세례가 쏟아졌다.

“서울신문 최태식입니다. 인질구출 작전에 큰 역할을 했다고 하던데, 자세히 말씀해 주십시오!”

“서은하 씨와는 언제부터 사귄 겁니까!”

“‘세기의 연인’이라는 수식어에 대해서 한 말씀만!”

“강민호 씨!”

“강민호 씨!”

민호는 오른손을 들어 올려 잠시만 진정해 달라는 동작을 선보인 뒤에 왼손으론 회중시계를 열었다. 미래를 엿보며 스트레스받을 만한 질문은 거르고, 기자들의 반응이 우호적인 질문만을 따로 추려낸 뒤 말을 이었다.

“인질 구출작전에 대한 자세한 사항은 국가 안보와 관련된 민감한 문제가 포함되어 있어 정식으로 정보처에 공개 요청을 하셔야 확인할 수 있습니다.”

황정명과 미리 입을 맞춰둔 대로, 민호는 대부분의 작전구성을 국가정보원의 해외파트 요원들이 담당했고, 자신은 싱가니아를 통역해 주며 부룬디 내부의 사정을 전달한 역할만 했다고 답변했다.

그러자 한 기자가, 공개된 작전 영상 속 의사가운의 사내가 민호가 아니냐는 물음을 던졌다. 네티즌들이 화면을 캡처해서 화질을 높인 결과 동양인일 것이라 예상한다는 말과 함께.

민호는 침착하게 '백승범'의 이름을 팔았다.

"……서은하 씨와는 파리 화보 촬영 때 가깝게 지내게 됐어요."

연애담 파트로 넘어가자 좀 더 물 흐르듯 기자회견이 이어졌다. 서은하에게 반한 이유를 물었을 때, 그녀의 솔직한 술버릇을 언급하자 곳곳에서 웃음이 터져 나왔다.

"서은하 씨처럼 아름다운 분이, 바로 옆에서 '멋지네요, 민호 씨'라고 하는데. 어떤 남자가 안 넘어가겠어요?"

그때를 떠올리며 행복한 웃음을 짓는 민호의 얼굴을 수백 개의 카메라가 동시에 촬영했다.

"강민호 씨! 파리 레스토랑에서 피아노를 치는 모습으로 화제에 올랐던 그 동영상을 서은하 씨가 처음 찍었다 이겁니까?"

"맞아요. 저는 그때 정신이 없었는데, 은하 씨가 몰래 찍어뒀더군요. 편집팀에서 그걸 동영상 사이트에 올렸고요. 어떻게 보면, 알랭이 시청자들의 사랑을 많이 받게 된 계기를 은하 씨가 만들어준 거라고 해야겠네요."

"드라마 찍을 때 이미 사귀고 계셨다는 소린데, 실제 감정이 연기에도 반영된 겁니까?"

"반영 안 됐다고는 못 하겠어요."

민호가 부끄러운 듯 고개를 돌리자 또다시 플래시가 터졌다.

계속해서 밝혀지는 달콤한 비화에 기자들은 저마다의 노트북과 수첩에 옮겨 적기를 쉬지 않았다. 이미 밝혀진 것만으로 특집 기삿거리가 한가득. 실시간으로 기자회견을 중계 중인 인터넷 방송국은 서버가 폭파될 지경이었다.

"앞으로 활동 계획을 말씀해 주십시오."

"일단 안정을 찾은 후에, 기존에 계약되어 있던 활동만 최대한 빠르게 마무리할 생각이에요."

민호는 다른 연예계 활동은 그 이후에 천천히 생각해 볼 거라고 대답을 끝냈다.

"휴식기에 접어드신단 말입니까?"

"어느 정도는요."

이 말에 옆에 앉아 있던 임소희가 아쉬워하는 것이 느껴졌으나, 서은하가 아이를 가진 기간은 한시도 떨어질 생각이 없다고 결심한 부분이었기에 잠자코 다른 질문을 기다렸다.

"활동을 쉬기로 하신 건 서은하 씨와의 결혼 계획 때문입니까?"

"강민호 씨와 서은하 씨 모두 무척 젊은 나이인데, 결혼을 생각 중이시라면 2세 계획도 있으십니까?"

민호는 드디어 신중하게 대답해야 할 질문이 찾아 왔음을 확인하고 속으로 심호흡했다.

결혼과 아이. 자신뿐만 아니라 서은하의 연예계 생활과 평판이 걸려 있는 문제기에 이 자리에서 모두 밝히는 건 옳지 않다. 좀 더 대중의 관심이 식었을 무렵, 은근슬쩍 넘어가는 편이 좋다는 공 매니저의 팁이 머릿속에 떠올랐다.

민호는 이곳에 오는 동안 미리 다른 연예인 커플의 열애설 기사를 훑어, 가장 반응이 무난했던 것만 추린 것을 그대로 얘기했다.

"아직은 서로를 알아가는 단계에요. 잘 만나고 있으니, 저와 은하 씨에게 좋은 소식이 있다면 바로 알려드릴게요. 계속 따뜻한 시선으로 지켜봐 주셨으면 해요."

부드럽게 넘어가자 기자들도 수긍하는 눈치였다.

"고백은 누가 먼저 하셨습니까?"

"첫 키스는 언제 하셨죠? 드라마에서 한 것 빼고 말씀해 주십시오."

다시 달콤한 연애담으로 넘어갔다. 민호는 기자회견의 가장 큰 고비를 넘겼다는 생각에 안도하다가 기자들 틈에 서 있는 한 사람에게 시선이 고정됐다.

'으…… 은하 씨?'

수백 명이 사람들 틈에 모자를 푹 눌러쓴 그녀가 있었다. 잘못 봤나 싶어 목걸이처럼 걸고 다니던 나침반을 손에 쥐고 그녀를 떠올렸다. 흰빛이 뻗어 나가 전방의 그녀를 가리켰다. 천천히 돌기 시작하는 나침반의 바늘. 빼도 박도 못하게 코앞에 있다는 뜻이었다.

'헐.'

언제, 어떻게 저 틈에 자리하게 된 건지는 몰라도, 주위의 기자들조차 눈치채지 못할 만큼 감쪽같은 잠입이었다는 건 확실히 알 수 있었다.

민호는 서은하에게 '여긴 왜 왔어요?'라는 눈길을 보내다가 그녀의 손가락에 걸려있는 반지를 보고 속으로 신음을 삼켰다.

'JB? 설마…….'

인터뷰 대상자가 갑자기 말을 멈추자 기자들도 무슨 일인가 해서 조용해졌다. 그렇게 얼마간의 정적이 흐른 뒤, 모자를 휙 벗은 서은하가 민호를 향해 입을 열었다.

"아직 결혼 생각이 없으시다고요?"

서은하의 주위에 서 있던 기자들이 이 음성에 경악했다.

"서, 서은하다!"
"대박."
"아니, 서은하가 어떻게 저기 서 있는 거야?"
기자들의 웅성거림은 민호의 귓가에 전혀 들리지 않았다.
JB에게 영향을 받는 상태. 그러나 저건 그녀의 의지와 전혀 상관없는 문제는 결코 아니었다. 요원의 성향으로 평소에는 감춰두려 했던 마음을 자극받아 적극적으로 움직이게 된 것뿐이니까.
속도위반 4주째. 반장님. 집안 문제. 방송. 그녀의 학교. 외교관의 꿈. 당장에라도 해결해야 할 문제가 산더미였다. 결혼은 안정부터 하고 난 이후에 얘기해야 한다고 막연히 생각하고 있던 민호였기에 방금 그녀의 물음에 바로 대답을 할 수 없었다.
그사이, 기자 수십 명이 그녀의 앞을 둘러싸고 플래시 세례와 질문을 던져댔다.
"데일리 연예 황석천입니다! 서은하 씨! 인질로 붙잡혀 있던 기간 동안, 할리우드 스타 레아 테일러와 언니 동생 하는 사이가 됐다고……!"
"저희 뉴 스포츠 독자들에게 무사히 돌아오신 소감을 한마디만……!"
서은하가 기자들을 피해 서서히 걸어 나왔다. 아까 너무 울었는지 눈가가 붉게 부어 있는 그녀의 모습. 민호는 비록 그녀가 JB에게 휘둘리고 있다지만, 대중 앞에서 당당하게 지내고 싶어 하고 있음을 깨달았다. 저렇게 강한 여자인데, 자신은 그녀를 위해준다고 너무 나약하게만 여겼다.

단상 아래까지 다가온 서은하가 민호를 올려다보았다.

"결혼 생각이 아직 없으신가 보네요."

"아니요. 은하 씨 마음을 잘 몰랐어요."

"지금은 알아요?"

"미안해요, 기자회견장에 혼자 와서."

서은하의 눈에 반달 같은 미소가 번졌다.

"그럼, 민호 씨. 여자가 먼저 청혼 하는 건 어떻게 생각해요?"

눈이 휘둥그레질 서은하의 질문에 기자들 모두 일시적으로 음소거가 된 듯 다른 질문을 멈추고 말았다.

"저와 평생 같이 살래요?"

천사처럼 포근한 그녀의 음성과 함께 전해진 고백.

애정과 믿음이 담긴 그녀의 눈동자가 민호의 가슴에 찬란한 별빛이 되어 스며들었다. JB의 영향을 받은 상태가 아니라는 건 바로 느껴졌다. 짓궂게 굴더니 중요한 순간에 잠자코 있어주는 모양이었다.

민호는 단상 아래로 내려가 서은하의 앞에 섰다.

6개월 전, 우연히 스케줄이 겹쳐 그녀를 처음 만났던 그

날이 없었다면. 봉사활동을 떠난 그녀가 다시 돌아오지 못했을 수도 있었다. 이것을 떠올릴 때마다, 민호는 가슴 한쪽이 저릿한 기분을 느꼈다.

천만다행이다.

서은하를 이렇게까지 사랑하게 된 것이.

"은하 씨가 평생 저와 같이 살아 주신다면, 강씨 가문에는 크나큰 영광입니다. 부디 옆에 계속 붙어 있게 해주세요."

"그게 뭔 말이에요, 후후."

수백 개의 플래시가 이 순간 축하의 폭죽이라도 되는 듯 사방에서 터졌다.

민호는 서은하의 귀에 대고 작게 속삭였다.

"그리고 그 반지, 더 예쁜 거로 사줄게요."

엄지에 착용 중인 요원의 반지를 빼낸 민호. 서은하는 순간 정신을 차리고 주위를 돌아보았다.

"어어? 내가…… 미, 미, 민호 씨……."

"긴장 풀어요. 지금은 저보다 은하 씨가 더 주목받는 거 같으니까."

서은하는 벌 떼처럼 모여들어 아수라장이 되어가고 있는 기자들 사이에서 어색하게 손을 들어 흔들어 보였다. 양 볼에 옮은 보조개를 만들고 수줍게 웃는 그녀. 남자의 가슴을 사르르 녹게 하는 여신급의 미소였다.

–양가 부모님의 허락을 받는 즉시 결혼하려고 합니다. 이런 말 부끄럽긴 하지만, 은하 씨가 임신을 해서…….

이 대답에 기자들이 일제히 손을 들어 올려 질문을 시작한 탓에 회견장이 또다시 아수라장이 됐다.

인터넷 창을 띄워 기자회견을 지켜보던 윤환은 피식 웃고 말았다. 자신도 한때는 저런 시절이 있었는데 말이다. 젊다는 건 때로는 무모해 보여도 때로는 저렇게 모두가 부러워할 정도로 풋풋하고 영롱한 빛을 낸다.

딩동.

메신저 창으로 채팅이 도착한 표시가 떴다. 윤환은 모니터 화면을 전환해 이반 타노프 교수에게서 온 러시아어 채팅을 읽어 내려갔다.

–자네 아들 민호가 큰일 했다지?

타다닥, 타자를 놀려 곧바로 답장을 보냈다.

[거기까지 소식이 들렸습니까?]

–내가 레아 테일러 팬이라서. '원초적 그녀' 속편을 볼 수 있게 해준 것에 대해 나 또한 감사를 전하네.

[그건 레아 테일러가 찍은 영화가 아닙니다. 게다가 그 제

목은 B급 패러디 성인영화 아닙니까?]

–그래? 벗겨놓으면 거기서 거기 같아서 말이야. 하하하!

윤환은 기왕 실시간 채팅이 시작된 김에 이메일로 보냈던 질문을 바로 물어보았다.

[이반 교수님, 한국 방문 예정기일이 언제쯤이 될 것 같습니까?]

–보름 후에. 이번에 발굴한 유물의 고고학적 가치는 말로 다 설명 못 할 정도라, 이건 꼭 옆에서 끝까지 봐야겠어.

윤환은 며칠 전에 전송받은 영상을 옆 화면에 틀었다.

흙이 묻어 있는 휘어진 외날 검을 발굴하는 현장 모습. 단지 영상일 뿐임에도 심상치 않은 빛이 감지될 만큼 사연 깊은 유물이었다.

[작업에 들어가면 회수하실 생각은 버리셔야 할 겁니다.]

–타협은 불가능한 건가?

[절대요. 되맞추기도 힘들 정도로 파괴됩니다.]

–뭐, 자네가 그리 말하니 별수 없지. 잔해 조각 챙겨서 미세 사용흔 분석이나 할 수밖에. 참, 거기 한국은 따뜻하지?

[러시아나 몽골에 비하면 온실입니다.]

–좋아, 입국하면 보세. 오랜만에 정균의 무덤에서 술이나 한잔 걸쳐야겠어. 끝내주는 보드카를 들고 갈 테니 자네도 기대하게나.

[술은 언제나 환영입니다.]

윤환은 보름 뒤의 일정에 이반의 입국을 기록해 두었다.

—아, 윤환. 그리고 말이야. 베로니카가 민호를 보고 난 뒤에 자네 얘기로 노래를 부르고 있어. 언제 한번 만나러 가보게. 같이 늙어가는 처지에 이젠 적적할 때도 되지 않았나?

윤환은 타자를 치다 멈칫했다.

[인연이 닿으면 어디선가 만나겠죠]

—베로니카 미모 앞으로 길어야 3년이야. 그전에는 만나봐야지 자네도, 자네 아랫도리도 만족하지 않겠나.

[교수님…….]

—하하하.

걸쭉한 농담으로 채팅이 끝나고, 윤환은 등 뒤의 곰 인형에 고개를 돌렸다. 검은 구슬로 된 눈에 모니터가 비췄다. 보이는 모든 것을 여과 없이 기록하는 눈인 터라 윤환은 헛기침을 하며 말했다.

"마지막 대화 기록은 삭제해 둬."

[승인. 아랫도리 삭제합니다.]

"……."

Object : 선각기법으로 만든 토기.

Effect : 반투어 기반의 아프리카 부족언어를 이해할 수 있다.

Relic : 극지 탐험가의 나침반.

Effect : 손에 쥐고 상상하면 지구 위에 존재하는 인연이 있는 그 어떤 것도 찾아낼 수 있다.

to be continued

SUPER ACE
슈퍼에이스
Wish Books
예성 장편소설
야구 선수의 프로 계약금이 내 꿈을 정했다.
"왜 야구가 하고 싶니?"
"돈을 벌고 싶어요!
집을 살 수 있을 만큼!"
시작은 돈을 벌기 위해서였다.
하지만 이제는 꿈의 그라운드를 위해서
메이저리그 명예의 전당을 노린다!

스킬의 제왕
이형석 퓨전 판타지 장편소설
인간군 검병2부대 소속, 강무열.
과거로 돌아오다.
검과 마법, 그리고 정령까지.
인류가 염원하는 그 힘을 얻을 방법이 내 기억 속에 남아 있다.
미래의 스킬을 아는 자.
후회의 전생을 딛고 신의 땅에서
인류의 멸망을 막기 위해
제왕이 되고자 일어서다!
"이제 내가 권좌에 오르겠다."